LES TROIS

MOUSQUETAIRES.

PARIS. IMPRIMÉ PAR BÉTHUNE ET PLON,

RUE DE VAUGIRARD, 36.

LES TROIS
MOUSQUETAIRES.

PAR

ALEXANDRE DUMAS.

VII.

PARIS.

BAUDRY, LIBRAIRE-ÉDITEUR,

34, RUE COQUILLIÈRE;

ET RUE DE LA CHAUSSÉE-D'ANTIN, 22.

M DCCC XLIV.

LES TROIS MOUSQUETAIRES.

CHAPITRE PREMIER.

SUITE DE LA CINQUIÈME JOURNÉE DE CAPTIVITÉ.

—Dites-moi donc quel était cet homme? s'écria le jeune officier.

Milady vit d'un seul regard tout ce qu'elle inspirait de souffrance à Felton, en pesant sur chaque détail de son récit; mais elle ne voulait lui faire grâce d'aucune torture. Plus profondément elle lui briserait le cœur, plus sûrement il la vengerait. Elle continua donc comme si elle n'eût point entendu son exclamation ou comme si elle eût pensé que le moment n'était pas encore venu d'y répondre.

« Seulement, cette fois, ce n'était plus à une espèce de cadavre inerte, sans aucun sentiment, que l'infâme avait affaire. Je vous l'ai dit : sans pouvoir parvenir à retrouver l'exercice complet de mes facultés, il me restait le sentiment de mon danger; je luttai donc de toutes mes forces et sans doute j'opposai, tout affaiblie que j'étais, une longue résistance, car je l'entendis s'écrier :

« — Ces misérables puritaines ! je savais bien qu'elles lassaient leurs bourreaux, mais je les croyais moins fortes contre leurs amants.

« Hélas ! cette résistance désespérée ne pouvait durer long-temps, je sentis mes forces qui s'épuisaient ; et cette fois ce ne fut pas de mon sommeil que le lâche profita, ce fut de mon évanouissement. »

Felton écoutait sans faire entendre autre

chose qu'une espèce de rugissement sourd ; seulement la sueur ruisselait sur son front de marbre, et sa main cachée sous son habit déchirait sa poitrine.

« Mon premier mouvement, en revenant à moi, fut de chercher sous mon oreiller ce couteau que je n'avais pu atteindre ; s'il n'avait point servi à la défense, il pouvait au moins servir à l'expiation.

« Mais en prenant ce couteau, Felton, une idée terrible me vint. J'ai juré de tout vous dire et je vous dirai tout ; je vous ai promis la vérité, je la dirai dût-elle me perdre.

— L'idée vous vint de vous venger de cet homme, n'est-ce pas? s'écria Felton.

« —Eh bien, oui ! dit milady : cette idée n'était pas d'une chrétienne, je le sais ; sans doute cet éternel ennemi de notre âme, ce lion rugissant sans cesse autour de nous la soufflait à mon esprit. Enfin que vous dirai-je, Felton? continua milady du ton d'une femme qui s'accuse d'un crime, cette idée me vint et ne me quitta plus sans doute. C'est de cette pensée homicide que je porte aujourd'hui la punition. »

— Continuez, continuez, dit Felton,

j'ai hâte de vous voir arriver à la vengeance.

« — Oh ! je résolus qu'elle aurait lieu le
plus tôt possible, je ne doutais pas qu'il ne
revînt la nuit suivante. Dans le jour je
n'avais rien à craindre. »

»Aussi, quand vint l'heure du déjeuner,
je n'hésitai pas à manger et à boire : j'étais
résolue à faire semblant de souper, mais à
ne rien prendre ; je devais donc par la
nourriture du matin combattre le jeûne du
soir.

»Seulement je cachai un verre d'eau soustraite à mon déjeuner, la soif ayant été ce qui m'avait le plus fait souffrir quand j'étais demeurée quarante-huit heures sans boire ni manger.

» La journée s'écoula sans avoir d'autre influence sur moi que de m'affermir dans la résolution prise : seulement j'eus soin que mon visage ne trahît en rien la pensée de mon cœur, car je ne doutais pas que je ne fusse observée ; plusieurs fois même je sentis un sourire sur mes lèvres, Felton, je n'ose pas vous dire à quelle idée je souriais, vous me prendriez en horreur... »

— Continuez, continuez, dit Felton,

vous voyez bien que j'écoute et que j'ai hâte d'arriver.

« Le soir vint, les événements ordinaires s'accomplirent; pendant l'obscurité, comme d'habitude, mon souper fut servi, puis la lampe s'alluma, et je me mis à table.

» Je mangeai quelques fruits seulement : e fis semblant de me verser de l'eau de la carafe, mais je ne bus que celle que j'avais conservée dans mon verre; la substitution, au reste, fut faite assez adroitement pour que mes espions, si j'en avais, ne conçussent aucun soupçon.

» Après le souper, je donnai les mêmes marques d'engourdissement que la veille; mais cette fois, comme si je succombais à la fatigue ou comme si je me familiarisais avec le danger, je me traînai vers mon lit, je laissai tomber ma robe et me couchai.

» Cette fois, j'avais retrouvé mon couteau sous l'oreiller, et, tout en feignant de dormir, ma main serrait convulsivement la poignée.

» Deux heures s'écoulèrent sans qu'il se passât rien de nouveau : cette fois, ô mon Dieu ! qui m'eût dit cela la veille ! je commençais à craindre qu'il ne vînt pas !

» Enfin, je vis la lampe s'élever doucement et disparaître dans les profondeurs du plafond; ma chambre s'emplit de ténèbres et d'obscurité, mais je fis un effort pour percer du regard l'obscurité et les ténèbres.

» Dix minutes à peu près se passèrent. Je n'entendais d'autre bruit que celui du battement de mon cœur.

» J'implorais le ciel pour qu'il vînt.

» Enfin j'entendis le bruit si connu de la porte qui s'ouvrait et se refermait, j'entendis, malgré l'épaisseur du tapis, un pas qui faisait crier le parquet; je vis, malgré l'obscurité, une ombre qui approchait de mon lit. »

— Hâtez-vous, hâtez-vous ! dit Felton, ne voyez-vous pas que chacune de vos paroles me brûle comme du plomb fondu !

« Alors, continua milady, alors je réunis toutes mes forces, je me rappelai que le moment de la vengeance ou plutôt de la justice avait sonné; je me regardai comme une autre Judith ; je me ramassai sur moi-même, mon couteau à la main ; et quand je le vis près de moi, étendant les bras pour chercher sa victime, alors, avec le dernier cri de la douleur et du désespoir, je le frappai au milieu de la poitrine.

» Le misérable ! il avait tout prévu : sa poitrine était couverte d'une cotte de mailles ; le couteau s'émoussa.

« — Ah, ah! s'écria-t-il en me saisissant le bras et en m'arrachant l'arme qui m'avait si mal servie, vous en voulez à ma vie, ma belle puritaine! mais, c'est plus que de la haine, cela, c'est de l'ingratitude! Allons, allons, calmez-vous, ma belle enfant! j'avais cru que vous vous étiez adoucie. Je ne suis pas de ces tyrans qui gardent les femmes de force: vous ne m'aimez pas, j'en doutais avec ma fatuité ordinaire; maintenant j'en suis convaincu. Demain, vous serez libre.

» Je n'avais qu'un désir, c'était qu'il me tuât.

» —Prenez-garde! lui dis-je, car ma liberté c'est votre déshonneur.

» — Expliquez-vous, ma belle sibylle.

» — Oui, car, à peine sortie d'ici, je dirai tout, je dirai la violence dont vous avez usé envers moi ; je dirai ma captivité. Je dénoncerai ce palais d'infamie ; vous êtes bien haut placé, milord, mais tremblez ! Au-dessus de vous il y a le roi, au-dessus du roi il y a Dieu !

» Si maître qu'il parût de lui, mon persécuteur laissa échapper un mouvement de colère. Je ne pouvais voir l'expression de son visage, mais j'avais senti frémir son bras sur lequel était posée ma main.

» — Alors, vous ne sortirez pas d'ici ! dit-il.

» — Bien, bien ! m'écriai-je, alors le lieu de mon supplice sera aussi celui de mon

tombeau. Bien ! je mourrai ici, et vous verrez si un fantôme qui accuse n'est pas plus
terrible encore qu'un vivant qui menace !

» — On ne vous laissera aucune arme.

» —Il y en a une que le désespoir a mise
à la portée de toute créature qui a le courage de s'en servir. Je me laisserai mourir
de faim.

» — Voyons, dit le misérable, la paix ne
vaut-elle pas mieux qu'une pareille guerre !
Je vous rends la liberté à l'instant même,
je vous proclame une vertu, je vous sur-
nomme la *Lucrèce de l'Angleterre*.

» — Et moi je dis que vous en êtes le *Sextus*, moi je vous dénonce aux hommes comme je vous ai déjà dénoncé à Dieu ; et s'il faut que, comme Lucrèce, je signe mon accusation de mon sang, je la signerai.

» — Ah, ah! dit mon ennemi d'un ton railleur, alors c'est autre chose. Ma foi, au bout du compte, vous êtes bien ici, rien ne vous manquera, et si vous vous laissez mourir de faim ce sera votre faute.

» A ces mots, il se retira, j'entendis s'ouvrir et se refermer la porte, et je restai abîmée; moins encore, je l'avoue, dans ma

douleur, que dans la honte de ne m'être
pas vengée.

» Il me tint parole. Toute la journée,
toute la nuit du lendemain s'écoulèrent sans
que je le revisse. Mais moi aussi je lui tins
parole, et je ne mangeai ni ne bus; j'étais,
comme je le lui avais dit, résolue à me laisser mourir de faim.

» Je passai le jour et la nuit en prière,
car j'espérais que Dieu me pardonnerait
mon suicide.

» La seconde nuit la porte s'ouvrit; j'étais

couchée à terre sur le parquet, les forces commençaient à m'abandonner.

» Au bruit je me relevai sur une main. »

» — Eh bien ! me dit une voix qui vibrait d'une façon trop terrible à mon oreille pour que je ne la reconnusse pas; eh bien ; sommes-nous un peu adoucie, et payerons-nous notre liberté d'une seule promesse de silence ! Tenez, moi je suis bon prince, ajouta-t-il, et, quoique je n'aime pas les puritains, je leur rends justice, ainsi qu'aux puritaines, quand elles sont jolies. Allons ! faites-moi un petit serment sur la croix, je ne vous en demande pas davantage.

» — Sur la croix! m'écriai-je en me rele-
vant, car à cette voix abhorrée j'avais retrouvé toutes mes forces; sur la croix! je
jure que nulle promesse, nulle menace,
nulle torture ne me fermera la bouche;
sur la croix ! je jure de vous dénoncer
partout comme un meurtrier, comme un
larron d'honneur, comme un lâche; sur la
croix ! je jure, si jamais je parviens à sortir d'ici, de demander vengeance contre
vous au genre humain entier.

» — Prenez-garde ! dit la voix avec un
accent de menace que je n'avais pas encore
entendu , j'ai un moyen suprême, que je

2.

n'emploierai qu'à la dernière extrémité, de vous fermer la bouche ou du moins d'empêcher qu'on croie un seul mot de ce que vous direz.

« Je rassemblai toutes mes forces pour répondre par un éclat de rire.

« Il vit que c'était entre nous désormais une guerre éternelle, une guerre à mort.

»—Écoutez, dit-il, je vous donne encore le reste de cette nuit et la journée de demain, réfléchissez: promettez de vous taire, la richesse, la considération, les honneurs même vous entoureront; menacez de parler, et je vous condamne à l'infamie.

» — Vous ! m'écriai-je, vous !

» — A l'infamie éternelle, ineffaçable !

» — Vous ! répétai-je, oh ! je vous le dis, Felton, je le croyais insensé !

» — Oui, moi ! reprit-il.

» — Ah, laissez-moi, lui dis-je, sortez, si vous ne voulez pas qu'à vos yeux je me brise la tête contre la muraille !

» — C'est bien, reprit-il, vous le voulez, à demain soir !

» — A demain soir ! répondis-je en me laissant tomber et en mordant le tapis de rage... »

Felton s'appuyait sur un meuble, et milady voyait avec une joie de démon que
la force lui manquerait peut-être avant la
fin du récit.

CHAPITRE II.

UN MOYEN DE TRAGÉDIE CLASSIQUE.

Après un moment de silence employé par milady à observer le jeune homme qui l'écoutait, milady continua son récit :

« Il y avait près de trois jours que je n'avais ni bu ni mangé, je souffrais des tortures atroces; parfois il me passait comme des nuages qui me serraient le front, qui me voilaient les yeux : c'était le délire.

» Le soir vint, j'étais si faible qu'à chaque instant je m'évanouissais; et à chaque fois que je m'évanouissais je remerciais Dieu, car je croyais que j'allais mourir.

» Au milieu de l'un de ces évanouissements, j'entendis la porte s'ouvrir; la terreur me rappela à moi.

» Il entra chez moi suivi d'un homme masqué, il était masqué lui-même; mais je reconnus son pas, je reconnus sa voix, je reconnus cet air imposant que l'enfer a donné à sa personne pour le malheur de l'humanité.

» — Eh bien! me dit-il, êtes-vous décidée à me faire le serment que je vous ai demandé?

» — Vous l'avez dit, les puritains n'ont qu'une parole; la mienne, vous l'avez entendu, c'est de vous poursuivre sur la terre au tribunal des hommes, dans le ciel au tribunal de Dieu!

» — Ainsi, vous persistez ?

» — Je le jure devant ce Dieu qui m'entend : je prendrai le monde tout entier à témoin de votre crime, et cela jusqu'à ce que j'aie trouvé un vengeur.

» — Vous êtes une prostituée, dit-il d'une voix tonnante, et vous subirez le supplice des prostituées ! Flétrie aux yeux du monde que vous invoquerez, tâchez de prouver à ce monde que vous n'êtes ni coupable ni folle !

» Puis, s'adressant à l'homme qui l'accompagnait :

» —Bourreau, dit-il, fais ton devoir ! »

— Oh ! son nom, son nom ! s'écria Felton ; son nom, dites-le-moi !

« Alors, malgré mes cris, malgré ma résistance, car je commençais à comprendre qu'il s'agissait pour moi de quelque chose de pire que la mort, le bourreau me saisit, me renversa sur le parquet, me meurtrit de ses étreintes, et, suffoquée par les sanglots, presque sans connaissance, invoquant Dieu qui ne m'écoutait pas, je poussai tout à coup un effroyable cri de douleur et de honte ; un fer brûlant, un fer rouge, le fer du bourreau, s'était imprimé sur mon épaule. »

Felton poussa un rugissement.

« Tenez, dit milady en se levant alors avec une majesté de reine — tenez, Felton, voyez comment on a inventé un nouveau martyre pour la jeune fille pure et cependant victime de la brutalité d'un scélérat. Apprenez à connaître le cœur des hommes, et désormais faites-vous moins facilement l'instrument de leurs injustes vengeances. »

Milady d'un geste rapide ouvrit sa robe, déchira la batiste qui couvrait son sein, et, rouge d'une feinte colère et d'une honte jouée, montra au jeune homme l'empreinte ineffaçable qui déshonorait cette épaule si belle.

— Mais, s'écria Felton, c'est une fleur de lis que je vois là!

— Et voilà justement où est l'infamie, répondit milady. La flétrissure d'Angleterre!... il fallait prouver quel tribunal me l'avait imposée et j'aurais fait un appel public à tous les tribunaux du royaume; mais la flétrissure de France... oh! par par elle, par elle, j'étais bien réellement flétrie.

C'en était trop pour Felton.

Pâle, immobile, écrasé par cette révélation effroyable, ébloui par la beauté sur-
humaine de cette femme qui se dévoilait
à lui avec une impudeur qu'il trouva sublime, il finit par tomber à genoux devant
elle comme faisaient les premiers chré-
tiens devant ces pures et saintes martyres
que la persécution des empereurs livrait
dans le cirque à la sanguinaire lubricité
des populaces. La flétrissure disparut, la
beauté seule resta.

— Pardon, pardon, s'écria Felton, oh !
pardon !

Milady lut dans ses yeux : Amour , amour !

— Pardon de quoi? demanda-t-elle.

— Pardon de m'être joint à vos persécuteurs.

Milady lui tendit la main.

— Si belle, si jeune! s'écriait Felton en couvrant cette main de baisers.

Milady laissa tomber sur lui un de ces regards qui d'un esclave font un roi.

Felton était puritain : il quitta la main de cette femme pour baiser ses pieds.

Il ne l'aimait déjà plus, il l'adorait.

Quand cette crise fut passée, quand milady parut avoir repris son sang-froid, qu'elle n'avait jamais perdu; lorsque Felton eut vu se refermer sous le voile de la chasteté ces trésors d'amour qu'on ne lui cachait si bien que pour les lui faire désirer plus ardemment :

— Ah! maintenant, dit-il, je n'ai plus qu'une chose à vous demander, c'est le nom de votre véritable bourreau : car pour moi il n'y en a qu'un; l'autre était l'instrument, voilà tout.

— Eh! quoi, frère! s'écria milady, il faut encore que je te le nomme, et tu ne l'as pas deviné!

— Quoi! reprit Felton, lui!.. encore lui!... toujours lui!..Quoi! le vrai coupable.....

— Le vrai coupable, dit milady, c'est le ravageur de l'Angleterre, le persécuteur des vrais croyants, le lâche ravisseur de l'honneur de tant de femmes, celui qui pour un caprice de son cœur corrompu va faire verser tant de sang à l'Angleterre, qui protége les protestants aujourd'hui et qui les trahira demain...

— Buckingham, c'est donc Buckingham ! s'écria Felton exaspéré.

Milady cacha son visage dans ses mains, comme si elle n'eût pu supporter la honte que lui rappelait ce nom.

— Buckingham, le bourreau de cette angélique créature ! s'écria Felton. Et tu ne l'as pas foudroyé, mon Dieu, et tu l'as laissé noble, honoré, puissant pour notre perte à tous !

— Dieu abandonne qui s'abandonne lui-même, dit milady.

— Mais il veut donc attirer sur sa tête le châtiment réservé aux maudits! continua Felton avec une exaltation croissante, il veut donc que la vengeance humaine prévienne la justice céleste!

— Les hommes le craignent et l'épargnent.

— Oh! moi, dit Felton, je ne le crains pas et je ne l'épargnerai pas!....

Milady sentit son âme baignée d'une joie infernale.

— Mais comment lord de Winter, mon

protecteur, mon père, demanda Felton, se
trouve-t-il mêlé à tout cela?

« — Écoutez, Felton, reprit milady, car,
à côté des hommes lâches et méprisables,
il est encore des natures grandes et géné-
reuses. J'avais un fiancé, un homme que
j'aimais et qui m'aimait; un cœur comme
le vôtre, Felton, un homme comme vous.
Je vins à lui et je lui racontai tout; il me
connaissait, celui-là, et ne douta point un
instant. C'était un grand seigneur, c'était
un homme en tout point l'égal de Buckingham. Il ne dit rien, il ceignit seulement
son épée, s'enveloppa de son manteau et
se rendit à Buckingham-Palace.

— Oui, oui, dit Felton, je comprends ; quoiqu'avec de pareils hommes ce ne soit pas l'épée qu'il faille employer, mais le poignard.

« — Buckingham était parti depuis la veille, envoyé comme ambassadeur en Espagne, où il allait demander la main de l'infante pour le roi Charles Ier, qui n'était alors que prince de Galles. Mon fiancé revint :

» — Écoutez, me dit-il, cet homme est parti, et pour le moment, par conséquent, il échappe à ma vengeance ; mais en attendant soyons unis, comme nous devions l'être, puis rapportez-vous-en à lord de Winter pour soutenir son honneur et celui de sa femme. »

— Lord de Winter! s'écria Felton.

« — Oui, dit milady, lord de Winter, et maintenant vous devez tout comprendre, n'est-ce pas? Buckingham resta près d'un an absent. Huit jours avant son arrivée lord de Winter mourut subitement, me laissant sa seule héritière. D'où venait le coup? Dieu, qui sait tout, le sait sans doute, moi je n'accuse personne.... »

— Oh! quel abîme, quel abîme! s'écria Félton.

« — Lord de Winter était mort sans rien dire à son frère. Le secret terrible devait être caché à tous, jusqu'à ce qu'il éclatât comme la foudre sur la tête du coupable. Votre protecteur avait vu avec peine ce mariage de son frère aîné avec une jeune fille sans fortune. Je sentis que je ne pouvais attendre d'un homme trompé dans ses espérances d'héritage aucun appui. Je passai en France, résolue à y demeurer pendant tout le reste de ma vie.

» Mais toute ma fortune est en Angleterre ; les communications fermées par la guerre, tout me manqua : force me fut alors d'y revenir ; il y a six jours j'abordai à Portsmouth.... »

— Eh bien ! dit Felton.

« — Eh bien, Buckingham apprit sans doute mon retour, il parla de moi à lord de Winter déjà prévenu contre moi, et lui dit que sa belle-sœur était une prostituée, une femme flétrie. La voix noble et pure de mon mari n'était plus là pour me défendre. Lord de Winter crut tout ce qu'on lui dit, avec d'autant plus de facilité qu'il avait intérêt à le croire. Il me fit arrêter,

me conduisit ici, me remit sous votre garde.
Vous savez le reste : après demain il me
bannit, il me déporte; après-demain il me
relègue parmi les infâmes. Oh! la trame
est bien ourdie, allez! le complot est habile
et mon honneur n'y survivra pas. Vous
voyez bien qu'il faut que je meure, Felton; Felton, donnez-moi ce couteau!.. »

Et à ces mots, comme si toutes ses forces
étaient épuisées, milady se laissa aller dé-
bile et languissante entre les bras du jeune
officier, qui, ivre d'amour, de colère et de
voluptés inconnues, la reçut avec trans-
port, la serra contre son cœur, tout frissonnant à l'haleine de cette bouche si

belle, tout éperdu du contact de ce sein si palpitant.

— Non, non, dit-il, non, tu vivras honorée et pure, tu vivras pour triompher de tes ennemis!

Milady le repoussa lentement de la main en l'attirant du regard; mais Felton, à son tour, s'empara d'elle, l'implorant comme une divinité.

— Oh! la mort, la mort! dit-elle en voilant sa voix et ses paupières, oh! la mort plutôt que la honte; Felton, mon frère, mon ami, je t'en conjure!

— Non, s'écria Felton, non, tu vivras, et tu vivras vengée !

— Felton, je porte malheur à tout ce qui m'entoure ! Felton, abandonne-moi ! Felton, laisse-moi mourir !

— Eh bien, nous mourrons donc ensemble ! s'écria-t-il en appuyant ses lèvres sur celles de la prisonnière.

Plusieurs coups retentirent à la porte ; cette fois, milady le repoussa réellement.

— Écoute ! dit-elle, on nous a entendus,

on vient! c'en est fait, nous sommes perdus !

— Non, dit Felton, c'est la sentinelle qui me prévient seulement qu'une ronde arrive.

— Alors, courez à la porte et ouvrez vous-même.

Felton obéit; cette femme était déjà toute sa pensée, toute son âme.

Il se trouva en face d'un sergent commandant une patrouille de surveillance.

— Eh bien, qu'y a-t-il ? demanda le jeune lieutenant.

— Vous m'aviez dit d'ouvrir la porte si j'entendais crier au secours, dit le soldat, mais vous aviez seulement oublié de me laisser la clef; je vous ai entendu crier sans comprendre ce que vous disiez, j'ai voulu ouvrir la porte, elle était fermée en dedans, alors j'ai appelé le sergent.

— Et me voilà, dit le sergent.

Felton égaré, presque fou, demeurait sans voix.

Milady comprit que c'était à elle de s'emparer de la situation, elle courut à la table et prit le couteau qu'y avait déposé Felton :

— Et de quel droit voulez-vous m'empêcher de mourir ? dit-elle.

— Grand Dieu ! s'écria Felton en voyant
le couteau luire à sa main.

— En ce moment, un éclat de rire iro-
nique retentit dans le corridor.

Le baron, attiré par le bruit, en robe de
chambre, son épée sous le bras, se tenait
debout sur le seuil de la porte.

— Ah , ah ! dit-il, nous voici au dernier
acte de la tragédie ; vous le voyez, Felton,
le drame a suivi toutes les phases que j'a-

vais indiquées; mais, soyez tranquille: le sang ne coulera pas.

Milady comprit qu'elle était perdue si elle ne donnait pas à Felton une preuve immédiate et terrible de son courage.

— Vous vous trompez, milord, le sang coulera, et puisse ce sang retomber sur ceux qui le font couler !

Felton jeta un cri et se précipita vers elle; il était trop tard : milady s'était frappée.

Mais le couteau avait rencontré heureusement, nous devrions dire adroitement, le busc de fer qui à cette époque défendait comme une cuirasse la poitrine des femmes; il avait glissé en déchirant la robe, et avait pénétré de biais entre la chair et les côtes.

La robe de milady n'en fut pas moins tachée de sang en une seconde.

Milady était tombée à la renverse et semblait évanouie.

Felton arracha le couteau.

— Voyez, milord, dit-il d'un air sombre, voici une femme qui était sous ma garde et qui s'est tuée!

— Soyez tranquille, Felton, dit lord de Winter, elle n'est pas morte, les démons ne meurent pas si facilement ; soyez tranquille, et allez m'attendre chez moi.

— Mais, milord...

— Allez, je vous l'ordonne.

A cette injonction de son supérieur, Felton obéit ; mais en sortant il mit le couteau dans sa poitrine.

Quant à lord de Winter, il se contenta d'appeler la femme qui servait milady, et, lorsqu'elle fut venue, lui recommandant la prisonnière toujours évanouie, il la laissa seule avec elle.

Cependant, comme à tout prendre, malgré ses soupçons, la blessure pouvait être grave, il envoya, à l'instant même, un homme à cheval chercher un médecin.

CHAPITRE III.

ÉVASION.

Comme l'avait pensé lord de Winter, la
blessure de milady n'était pas dangereuse;
aussi, dès qu'elle se retrouva seule avec la

4.

femme que le baron avait fait appeler et qui se hâtait de la déshabiller, rouvrit-elle les yeux.

Cependant, il fallait jouer la faiblesse et la douleur; ce n'étaient pas choses difficiles pour une comédienne comme milady : aussi la pauvre femme fut-elle complétement dupe de la prisonnière, que, malgré ses instances, elle s'obstina à veiller toute la nuit.

Mais la présence de cette femme n'empêchait pas milady de songer.

Il n'y avait plus de doute, Felton était

convaincu, Felton était à elle; un ange apparût-il au jeune homme pour accuser milady, il le prendrait certainement, dans la disposition d'esprit où il se trouvait, pour un envoyé du démon.

Milady souriait à cette pensée; car, Felton, c'était désormais sa seule espérance, son seul moyen de salut.

Mais lord de Winter pouvait l'avoir soupçonné, mais Felton maintenant pouvait être surveillé lui-même.

Vers les quatre heures du matin, le médecin arriva; mais depuis le temps où milady s'était frappée, la blessure s'était déjà refermée : le médecin ne put donc en mesurer ni la direction, ni la profondeur ; il reconnut seulement au pouls de la malade que le cas n'était point grave.

Le matin, milady, sous prétexte qu'elle n'avait pas dormi de la nuit et qu'elle avait besoin de repos, renvoya la femme qui veillait près d'elle.

Elle avait une espérance, c'est que Felton arriverait à l'heure du déjeuner ; mais Felton ne vint pas.

Ses craintes s'étaient-elles réalisées ?

Felton, soupçonné par le baron, allait-il lui manquer au moment décisif? Elle n'avait plus qu'un jour : lord de Winter lui avait annoncé son embarquement pour le 23, et l'on était arrivé au matin du 22.

Néanmoins, elle attendit encore assez patiemment jusqu'à l'heure du dîner.

Quoiqu'elle n'eût pas mangé le matin, le dîner fut apporté à l'heure habituelle; milady s'aperçut alors avec effroi que l'uniforme des soldats qui la gardaient était changé.

Alors elle se hasarda à demander ce qu'était devenu Felton.

On lui répondit que Felton était monté à cheval il y avait une heure et était parti.

Elle s'informa si le baron était toujours au château; le soldat répondit que oui, et qu'il avait ordre de le prévenir si la prisonnière désirait lui parler.

Milady répondit qu'elle était trop faible pour le moment, et que son seul désir était de demeurer seule.

Le soldat sortit, laissant le dîner servi.

Felton était écarté, les soldats de marine étaient changés ; on se défiait donc de Felton.

C'était le dernier coup porté à la prisonnière.

Restée seule, elle se leva ; ce lit, où elle se tenait par prudence et pour qu'on la crût gravement blessée, la brûlait comme un brasier ardent. Elle jeta un coup d'œil sur la porte : le baron avait fait clouer une planche sur le guichet ; il craignait sans doute que par cette ouverture elle ne parvînt encore, par quelque moyen diabolique, à séduire le gardes.

Milady sourit de joie, elle pouvait donc se livrer à ses transports sans être observée; elle parcourait la chambre avec l'exaltation d'une folle furieuse, ou d'une tigresse enfermée dans une cage de fer. Certes, si le couteau lui fût resté, elle eût songé, non plus à se tuer elle-même, mais cette fois à tuer le baron.

A six heures, lord de Winter entra; il était armé jusqu'aux dents. Cet homme, dans lequel, jusque-là, milady n'avait vu qu'un gentleman assez niais, était devenu un admirable geôlier : il semblait tout prévoir, tout deviner, tout prévenir.

Un seul regard jeté sur milady lui apprit ce qui se passait dans son âme.

— Soit, dit-il, mais vous ne me tuerez point encore aujourd'hui; vous n'avez plus d'armes, et d'ailleurs je suis sur mes gardes. Vous aviez commencé à pervertir mon pauvre Felton : il subissait déjà votre infernale influence, mais je le veux sauver, il ne vous verra plus, tout est fini. Rassemblez vos hardes, demain vous partirez. J'avais fixé l'embarquement au 24, mais j'ai pensé que plus la chose serait rapprochée, plus elle serait sûre. Demain à midi j'aurai l'ordre de votre exil signé Buckingham. Si vous dites un seul mot à qui que ce soit avant d'être sur le navire, mon sergent vous fera sauter la cervelle, il en a l'ordre; si sur le navire vous dites un mot à qui que ce soit avant que le capitaine vous le permette, le capitaine vous fait jeter à la mer, c'est convenu:

Au revoir, voilà ce que pour aujourd'hui j'avais à vous dire.

Demain je vous reverrai pour vous faire mes adieux !

Et sur ces paroles le baron sortit.

Milady avait écouté toute cette menaçante tirade le sourire du dédain sur les lèvres , mais la rage dans le cœur.

On servit le souper; milady sentit qu'elle avait besoin de forces , elle ne savait pas ce qui pouvait se passer pendant cette nuit qui s'approchait menaçante, car de gros nuages roulaient au ciel , et des éclairs lointains annonçaient un orage.

L'orage éclata vers les dix heures du soir : milady sentait une consolation à voir la nature partager le désordre de son cœur ; la foudre grondait dans l'air comme la colère dans sa pensée ; il lui semblait que la rafale, en passant, échevelait son front comme les arbres dont elle courbait les branches et enlevait les feuilles ; elle hurlait comme l'ouragan et sa voix se perdait dans la grande voix de la nature, qui, elle aussi, semblait gémir et se désespérer.

Tout à coup elle entendit frapper à une vitre, et à la lueur d'un éclair elle vit le visage d'un homme apparaître derrière ses barreaux.

Elle courut à la fenêtre et l'ouvrit.

—Felton ! s'écria-t-elle, je suis sauvée !

— Oui, dit Felton, mais silence, silence! Il me faut le temps de scier vos barreaux. Prenez garde seulement qu'ils ne vous voient par le guichet.

— Oh! c'est une preuve que le Seigneur est pour nous, Felton, reprit milady, ils ont fermé le guichet avec une planche.

— C'est bien, Dieu les a rendus insensés! dit Felton.

— Mais que faut-il que je fasse? demanda milady.

— Rien, rien, refermez la fenêtre seulement. Couchez-vous, ou du moins mettez-vous dans votre lit tout habillée; quand j'aurai fini, je frapperai aux carreaux. Mais pourrez-vous me suivre?

— Oh! oui.

— Votre blessure?

— Me fait souffrir, mais ne m'empêche pas de marcher.

— Tenez-vous donc prête au premier signal.

Milady referma la fenêtre, éteignit l lampe et alla, comme le lui avait recommandé Felton, se blottir dans son lit. Au

milieu des plaintes de l'orage elle entendait le grincement de la lime contre les
barreaux, et à la lueur de chaque éclair
elle apercevait l'ombre de Felton derrière
les vitres.

Elle passa une heure sans respirer, haletante, la sueur sur le front, et le cœur
serré par une épouvantable angoisse à
chaque mouvement qu'elle entendait dans
le corridor.

Il y a des heures qui durent une année.

Au bout d'une heure Felton frappa de
nouveau.

Milady bondit hors de son lit et alla ouvrir. Deux barreaux de moins formaient une ouverture à passer un homme.

— Êtes-vous prête ? demanda Felton.

— Oui. Faut-il que j'emporte quelque chose?

— De l'or, si vous en avez.

— Oui, heureusement on m'a laissé ce que j'en avais.

— Tant mieux, car j'ai usé tout le mien pour fréter une barque.

— Prenez, dit milady en mettant aux

mains de Felton un sac plein de louis.

Felton prit le sac et le jeta au pied du mur.

— Maintenant, dit-il, voulez-vous venir?

— Me voici.

Milady monta sur un fauteuil et passa tout le haut de son corps par la fenêtre : elle vit le jeune officier suspendu au-dessus de l'abîme par une échelle de corde.

Pour la première fois, un mouvement de terreur lui rappela qu'elle était femme.

Le vide l'épouvantait.

5.

— Je m'en étais douté, dit Felton.

— Ce n'est rien, ce n'est rien, dit milady, je descendrai les yeux fermés.

— Avez-vous confiance en moi? dit Felton.

— Vous le demandez !

— Rapprochez vos deux mains; croisez-les : c'est bien.

Felton lui lia les deux poignets avec son mouchoir, puis par-dessus le mouchoir avec une corde.

— Que faites-vous? demanda milady avec surprise.

— Passez vos bras autour de mon cou et ne craignez rien.

— Mais je vous ferai perdre l'équilibre, et nous nous briserons tous les deux.

— Soyez tranquille, je suis marin.

Il n'y avait pas une seconde à perdre, milady passa ses deux bras autour du cou de Felton et se laissa glisser hors de la fenêtre.

Felton se mit à descendre les échelons lentement et un à un. Malgré la pesanteur des deux corps, le souffle de l'ouragan les balançait dans l'air.

Tout à coup Felton s'arrêta.

—Qu'y a-t-il? demanda milady.

— Silence, dit Felton, j'entends des pas.

— Nous sommes découverts!

Il se fit un silence de quelques instants.

— Non, dit Felton, ce n'est rien.

— Mais enfin quel est ce bruit?

— Celui de la patrouille qui va passer sur le chemin de ronde.

— Où est le chemin de ronde?

— Juste au-dessous de nous.

— Elle va nous découvrir.

— Non, s'il ne fait pas d'éclairs.

— Elle heurtera le bas de l'échelle.

— Heureusement elle est trop courte de six pieds.

— Les voilà, mon Dieu!

— Silence!

Tous deux restèrent suspendus, immobiles et sans souffle, à vingt pieds du sol ; pendant ce temps les soldats passaient au-dessous d'eux riant et causant.

Il y eut pour les fugitifs un moment terrible.

La patrouille passa ; on entendit le bruit des pas qui s'éloignaient, et le murmure des voix qui allait s'affaiblissant.

— Maintenant, dit Felton, nous sommes sauvés.

Milady poussa un soupir et s'évanouit.

Felton continua de descendre ; parvenu au bas de l'échelle, et lorsqu'il ne sentit plus d'appui pour ses pieds, il se cramponna avec ses mains ; enfin, arrivé au dernier échelon, il se laissa pendre à la force des poignets et toucha la terre ; il se baissa, ramassa le sac d'or et le prit entre ses dents.

Puis il souleva milady dans ses bras et s'éloigna vivement du côté opposé à celui qu'avait pris la patrouille. Bientôt il quitta le chemin de ronde, descendit à travers les rochers, et, arrivé au bord de la mer, fit entendre un coup de sifflet.

Un signal pareil lui répondit, et cinq minutes après il vit apparaître une barque montée par quatre hommes.

La barque s'approcha aussi près qu'elle

put du rivage, mais il n'y avait pas assez de fond pour qu'elle pût toucher le bord. Felton se mit à l'eau jusqu'à la ceinture, ne voulant confier à personne son précieux fardeau.

Heureusement la tempête commençait à se calmer, et cependant la mer était encore violente; la petite barque bondissait sur les vagues comme une coquille de noix.

— Au sloop, dit Felton, et nagez vivement.

Les quatre hommes se mirent à la rame,

mais la mer était trop grosse pour que les avirons eussent grande prise dessus.

Toutefois on s'éloignait du château ; c'était le principal : la nuit était profondément ténébreuse et il était déjà presque impossible de distinguer le rivage de la barque, à plus forte raison n'eût-on pas pu distinguer la barque du rivage.

Un point noir se balançait sur la mer.

C'était le sloop.

Pendant que la barque s'avançait de son côté de toute la force de ses quatre rameurs

Felton déliait la corde, puis le mouchoir qui liait les mains de milady.

Puis, lorsque ses mains furent déliées, il prit de l'eau de la mer et la lui jeta au visage.

Milady poussa un soupir et ouvrit les yeux.

— Où suis-je? dit-elle.

— Sauvée, répondit le jeune officier.

— Oh! sauvée! sauvée! s'écria-t-elle. Oui, voici le ciel, voici la mer! cet air que je respire, c'est celui de la liberté! Ah!... merci, Felton! merci!

Le jeune homme la pressa contre son cœur.

— Mais, qu'ai-je donc aux mains! demanda milady, il me semble qu'on m'a brisé le poignet dans un étau ?

En effet milady souleva ses bras : elle avait les poignets meurtris.

— Hélas!... dit Felton en regardant ces belles mains et en secouant douloureusement la tête.

— Oh! ce n'est rien, ce n'est rien! s'écria milady; maintenant je me rappelle!

Milady chercha des yeux autour d'elle.

— Il est là, dit Felton en poussant du pied le sac d'or.

On approchait du sloop. Le marin de quart hêla la barque, la barque répondit.

— Quel est ce bâtiment? demanda milady.

— Celui que j'ai frété pour vous.

— Et où va-t-il me conduire?

— Où vous voudrez, pourvu que, moi, vous me jetiez à Portsmouth.

— Qu'allez-vous faire à Portsmouth? demanda milady.

— Accomplir les ordres de lord de Winter, dit Felton avec un sombre sourire.

— Quels ordres? demanda milady.

— Vous ne comprenez donc pas? dit Felton.

— Non ; expliquez-vous, je vous en prie.

— Comme il se défiait de moi, il a voulu vous garder lui-même et m'a envoyé à sa place faire signer à Buckingham l'ordre de votre déportation.

— Mais, s'il se défiait de vous, comment vous a-t-il confié cet ordre?

— Étais-je censé savoir ce que je portais?

— C'est juste. Et vous allez à Portsmouth?

— Je n'ai pas de temps à perdre : c'est demain le 23, et Buckingham part demain avec la flotte.

— Il part demain! pour où part-il?

— Pour La Rochelle.

— Il ne faut pas qu'il parte! s'écria mi

lady oubliant sa présence d'esprit accoutumée.

— Soyez tranquille, répondit Felton, il ne partira pas.

Milady tressaillit de joie; elle venait de lire au plus profond du cœur du jeune homme : la mort de Buckingham y était écrite en toutes lettres.

— Felton... dit-elle, vous êtes grand comme Judas Machabée ! Si vous mourez, je meurs avec vous : voilà tout ce que je puis vous dire.

VII.   6

— Silence, dit Felton, nous sommes arrivés.

En effet, on touchait au sloop.

Felton monta le premier à l'échelle et donna la main à milady tandis que les matelots la soutenaient, car la mer était encore fort agitée.

Un instant après ils étaient sur le pont.

— Capitaine, dit Felton, voici la personne dont je vous ai parlé, et qu'il faut conduire saine et sauve en France.

— Moyennant mille pistoles, dit le capitaine.

— Je vous en ai donné cinq cents.

— C'est juste, dit le capitaine.

— Et voilà les cinq cents autres, reprit
milady en portant la main au sac d'or.

— Non, dit le capitaine, je n'ai qu'une
parole, et je l'ai donnée à ce jeune homme;
les cinq cents autres pistoles ne me seront
dues qu'en arrivant à Boulogne.

— Et nous y arriverons ?

— Sains et saufs, dit le capitaine, aussi vrai que je m'appelle Jack Buttler.

— Eh bien, dit milady, si vous tenez votre parole, ce n'est pas cinq cents mais mille pistoles que je vous donnerai.

— Hurrah pour vous alors, ma belle dame, cria le capitaine, et puisse Dieu m'envoyer souvent des pratiques comme votre seigneurie !

— En attendant, dit Felton, conduisez-nous dans la petite baie de . . . . . , vous savez qu'il est convenu que vous nous conduirez là.

Le capitaine répondit en commandant la manœuvre nécessaire, et vers les sept heures du matin le petit bâtiment jetait l'ancre dans la baie désignée.

Pendant cette traversée, Felton avait tout raconté à milady : comment, au lieu d'aller à Londres, il avait frété le petit bâtiment, comment il était revenu, comment il avait escaladé la muraille en plaçant dans les interstices des pierres, à mesure qu'il montait, des crampons pour assurer ses pieds, et comment enfin, arrivé aux barreaux, il avait attaché l'échelle; milady savait le reste.

De son côté, milady essaya d'encourager Felton dans son projet; mais aux premiers mots qui sortirent de sa bouche, elle vit bien que le jeune fanatique avait plutôt besoin d'être modéré que d'être affermi.

Il fut convenu que milady attendrait Felton jusqu'à dix heures; si à dix heures il n'était pas de retour, elle partirait.

•

Alors, en supposant qu'il fût libre, il la rejoindrait en France, au couvent des Carmélites de Béthune.

CHAPITRE IV.

CE QUI SE PASSAIT A PORTSMOUTH LE 23 AOUT 1628.

Felton prit congé de milady comme un frère qui va faire une simple promenade, prend congé de sa sœur, en lui baisant la main.

Toute sa personne paraissait dans son état de calme ordinaire; seulement une lueur inaccoutumée brillait dans ses yeux, pareille à un reflet de fièvre; son front était plus pâle encore que de coutume; ses dents étaient serrées, et sa parole avait un accent bref et saccadé qui indiquait que quelque chose de sombre s'agitait en lui.

Tant qu'il resta sur la barque qui le conduisait à terre, il demeura le visage tourné du côté de milady, qui, debout sur le pont, le suivait des yeux. Tous deux étaient assez rassurés sur la crainte d'être poursuivis: on n'entrait jamais dans la chambre de milady avant neuf heures; et il fallait trois heures pour venir du château à Londres.

Felton mit pied à terre, gravit la petite crête qui conduisait au haut de la falaise, salua milady une dernière fois, et prit sa course vers la ville.

Au bout de cent pas, comme le terrain allait en descendant, il ne pouvait plus voir que le mât du sloop.

Il courut aussitôt dans la direction de Portsmouth, dont il voyait en face de lui, à un demi-mille à peu près, se dessiner dans la brume du matin les tours et les maisons.

Au delà de Portsmouth, la mer était couverte de vaisseaux dont on voyait les mâts, pareils à une forêt de peupliers dé-pouillés par l'hiver, se balancer sous le souffle du vent.

Felton, dans sa marche rapide, repassait ce que deux années de méditations antiques et un long séjour au milieu des puritains lui avaient fourni d'accusations vraies ou fausses contre le favori de Jacques VI et de Charles Ier.

Lorsqu'il comparait les crimes publics de ce ministre, crimes éclatants, crimes européens, si on pouvait le dire, avec les crimes privés et inconnus dont l'avait chargé milady, Felton trouvait que le plus coupable des deux hommes que renfermait Buckingham était celui dont le public ne connaissait pas la vie. C'est que son amour si étrange, si nouveau, si ardent lui faisait voir les accusations infâmes et imaginaires de lady de Winter comme on voit, au travers d'un verre grossissant, à l'état de monstres effroyables des atomes imperceptibles en réalité auprès d'une fourmi.

La rapidité de sa course allumait encore son sang; l'idée qu'il laissait derrière lui, exposée à une vengeance effroyable, la femme qu'il aimait ou plutôt qu'il adorait comme une sainte, l'émotion passée, la fatigue présente, tout exaltait encore son âme au-dessus des sentiments humains.

Il entrait à Portsmouth vers les huit heures du matin; toute la population était sur pied; le tambour battait dans les rues et sur le port; les troupes d'embarquement descendaient vers la mer.

Felton arriva au palais de l'Amirauté couvert de poussière et ruisselant de sueur;

son visage, ordinairement si pâle, était pourpre de chaleur et de colère. La sentinelle voulut le repousser ; mais Felton appela le chef du poste, et tirant de sa poche la lettre dont il était porteur :

— Message pressé de la part de lord de Winter, dit-il.

Au nom de lord de Winter, qu'on savait l'un des plus intimes de Sa Grâce, le chef du poste donna l'ordre de laisser passer Felton, qui, du reste, portait lui-même l'uniforme d'officier de marine.

Felton s'élança dans le palais.

Au moment où il entrait dans le vestibule un homme entrait aussi, poudreux,
hors d'haleine, laissant à la porte un cheval de poste qui en arrivant tomba sur
les deux genoux.

Felton et lui s'adressèrent en même
temps à Patrick, le valet de chambre de
confiance du duc. Felton nomma le baron
de Winter, l'inconnu ne voulut nommer
personne, et prétendit que c'était au duc
seul qu'il pouvait se faire connaître. Tous
deux insistaient pour passer l'un avant
l'autre.

Patrick, qui savait que lord de Winter

était en affaires de service et en relations

d'amitié avec le duc, donna la préférence

à celui qui venait en son nom. L'autre

fut forcé d'attendre, et il fut facile de voir

combien il maudissait ce retard.

Le valet de chambre fit traverser à Fel-

ton une grande salle dans laquelle atten-

daient les députés de La Rochelle conduits

par le prince de Soubise, et l'introduisit

dans un cabinet où Buckingham, sortant

du bain, achevait sa toilette, à laquelle,

cette fois comme toujours, il accordait

une attention extraordinaire.

— Le lieutenant Felton, dit Patrick, de

la part de lord de Winter.

— De la part de lord de Winter ! répéta Buckingham, faites entrer.

Felton entra. En ce moment Buckingham jetait sur un canapé une riche robe de chambre brochée d'or pour endosser un pourpoint de velours bleu tout brodé de perles.

— Pourquoi le baron n'est-il pas venu lui-même? demanda Buckingham, je l'attendais ce matin.

— Il m'a chargé de dire à Votre Grâce, répondit Felton, qu'il regrettait fort de ne pas avoir cet honneur, mais il en était empêché par la garde qu'il est obligé de faire au château.

— Oui, oui, dit Buckingham, je sais cela : il a une prisonnière.

— C'est justement de cette prisonnière que je voulais parler à Votre Grâce, reprit Felton.

— Eh bien ! parlez.

— Ce que j'ai à vous en dire ne peut être entendu que de vous, milord.

— Laissez-nous, Patrick, dit Buckingham, mais tenez-vous à portée de la sonnette; je vous appellerai tout à l'heure.

Patrick sortit.

— Nous sommes seuls, monsieur, dit Buchingham, parlez.

— Milord, dit Felton, le baron de Winter vous a écrit l'autre jour pour vous prier de signer un ordre d'embarquement relatif à une jeune femme nommée Charlotte Backson.

— Oui, monsieur, et je lui ai répondu de m'apporter ou de m'envoyer cet ordre, et que je le signerais.

— Le voici, milord.

— Donnez, dit le duc.

Et, le prenant des mains de Felton, il jeta sur le papier un coup d'œil rapide. Alors, s'apercevant que c'était bien celui qui lui était annoncé, il le posa sur la table, prit une plume et s'apprêta à signer.

—Pardon, milord, dit Felton arrêtant le duc, mais Votre Grâce sait-elle que le nom de Charlotte Backson n'est pas le véritable nom de cette jeune femme?

— Oui, monsieur, je le sais, répondit le duc en trempant la plume dans l'encrier.

— Alors Votre Grâce connaît son véritable nom? demanda Felton d'une voix brève.

— Je le connais.

Le duc approcha la plume du papier. Felton pâlit.

— Et, connaissant ce véritable nom, reprit Felton, monseigneur signera de même?

— Sans doute, dit Buckingham, et plutôt deux fois qu'une.

— Je ne puis croire, continua Felton d'une voix qui devenait de plus en plus brève et saccadée, que Sa Grâce sache qu'il s'agit de lady de Winter...

— Je le sais parfaitement, quoique je sois étonné que vous le sachiez, vous!

— Et Votre Grâce signera cet ordre sans remords?

Buckingham regarda le jeune homme avec hauteur.

— Ah çà, monsieur! savez-vous bien, lui dit-il, que vous me faites là d'étranges questions, et que je suis bien simple d'y répondre?

— Répondez-y, monseigneur, dit Felton, la situation est plus grave que vous ne le croyez peut-être.

Buckingham pensa que le jeune homme, venant de la part de lord de Winter, parlait sans doute en son nom et se radoucit.

— Sans remords aucun, dit-il, et le baron sait comme moi que milady de Winter est une grande coupable, et que c'est presque lui faire grâce que de borner sa peine à l'exportation.

Le duc posa la plume sur le papier.

— Vous ne signerez pas cet ordre, milord ! dit Felton en faisant un pas vers le duc.

— Je ne signerai pas cet ordre ! dit Buckingham, et pourquoi?

— Parce que vous descendrez en vous-même, et que vous rendrez justice à milady.

— On lui rendrait justice en l'envoyant à Tyburn, dit Buckingham; milady est une infâme.

— Monseigneur, milady est un ange, vous le savez bien, et je vous demande sa liberté.

— Oh çà! mais, dit Buckingham, êtes-vous fou, de me parler ainsi?

— Milord, excusez-moi! je parle comme je puis; je me contiens. Cependant, milord, songez à ce que vous allez faire, et craignez d'outre-passer la mesure!

— Plaît-il!... Dieu me pardonne! s'écria Buckingham, mais je crois qu'il me menace!

— Non, milord, je prie encore, et je vous dis : Une goutte d'eau suffit pour faire déborder le vase plein, une faute légère peut attirer le châtiment sur la tête épargnée malgré tant de crimes.

— Monsieur Felton, dit Buckingham, vous allez sortir d'ici et vous rendre aux arrêts sur-le-champ.

— Vous allez m'écouter jusqu'au bout, milord. Vous avez séduit cette jeune fille, vous l'avez outragée, souillée, réparez vos crimes envers elle, laissez-la partir librement, et je n'exigerai pas autre chose de vous.

— Vous n'exigerez pas! dit Buckingham regardant Felton avec étonnement et appuyant sur chacune des syllabes des trois mots qu'il venait de prononcer.

— Milord, continua Felton s'exaltant à mesure qu'il parlait, milord, prenez garde, toute l'Angleterre est lasse de vos iniquités ; milord, vous avez abusé de la puissance royale, que vous avez presque usurpée ; milord, vous êtes en horreur aux hommes et à Dieu ; Dieu vous punira plus tard, mais, moi, je vous punirai aujourd'hui.

— Ah, ceci est trop fort ! cria Buckingham en faisant un pas vers la porte.

Felton lui barra le passage.

— Je vous le demande humblement, dit-il, signez l'ordre de mise en liberté de lady de Winter, songez que c'est la femme que vous avez déshonorée.

— Retirez-vous, monsieur, dit Buckingham, ou j'appelle et je vous fais mettre aux fers.

— Vous n'appellerez pas, dit Felton en se jetant entre le duc et la sonnette placée sur un guéridon incrusté d'argent; prenez garde, milord, vous voilà entre les mains de Dieu.

— Dans les mains du diable, vous voulez dire ! s'écria Buckingham en élevant la voix pour attirer du monde, sans cependant appeler directement.

— Signez, milord, signez la liberté de lady de Winter, dit Felton en poussant un papier vers le duc.

— De force ! vous moquez-vous ! holà, Patrick !

— Signez, milord !

— Jamais !

— Jamais !

—A moi ! cria le duc, et en même temps il sauta sur son épée.

Mais Felton ne lui donna pas le temps de la tirer : il tenait tout ouvert, dans sa poitrine, le couteau dont s'était frappee milady ; d'un bond il fut sur le duc.

En ce moment Patrick entrait dans la salle en criant :

— Milord, une lettre de France !

— De France ! s'écria Buckinghan oubliant tout, en pensant de qui lui venait cette lettre.

Felton profita du moment et lui enfonça

dans le flanc le couteau jusqu'au man-
che.

— Ah, traître! cria Buckingham, tu
m'as tué...

— Au meurtre ! hurla Patrick.

Felton jeta les yeux autour de lui pour
fuir et, voyant la porte libre, s'élança dans
la chambre voisine, qui était celle où attendaient, comme nous l'avons dit, les députés de La Rochelle, la traversa tout en
courant et se précipita vers l'escalier; mais,
sur la première marche, il rencontra lord
de Winter, qui, le voyant pâle, égaré,

livide, taché de sang à la main et à la figure, lui sauta au cou en s'écriant:

— Je le savais, je l'avais deviné trop tard d'une minute! oh, malheureux, malheureux que je suis!

Felton ne fit aucune résistance; lord de Winter le remit aux mains des gardes, qui le conduisirent, en attendant de nouveaux ordres, sur une petite terrasse dominant la mer, et s'élança dans le cabinet de Buckingham.

Au cri poussé par le duc, à l'appel de Patrick, l'homme que Felton avait rencon tré dans l'antichambre se précipita dans le cabinet.

Il trouva le duc couché sur un sofa, serrant sa blessure dans sa main crispée.

— Laporte, dit le duc d'une voix mourante, Laporte, viens-tu de sa part ?

— Oui, monseigneur, répondit le fidèle porte-manteau d'Anne d'Autriche, mais trop tard peut être.

— Silence, Laporte ! on pourrait vous entendre ; Patrick, ne laissez entrer personne ; oh, je ne saurai pas ce qu'elle me fait dire ! mon Dieu, je me meurs !

Et le duc s'évanouit.

Cependant, lord de Winter, les députés, les chefs de l'expédition, les officiers de la maison de Buckingham, avaient fait irruption dans sa chambre; partout des cris de désespoir retentissaient. La nouvelle qui emplissait le palais de plaintes et de gémissements en déborda bientôt, et se répandit par la ville.

Un coup de canon annonça qu'il venait de se passer quelque chose de nouveau et d'inattendu.

Lord de Winter s'arrachait les cheveux.

— Trop tard d'une minute ! s'écriait-il, trop tard d'une minute ! oh, mon Dieu, mon Dieu, quel malheur !

En effet, on était venu lui dire à sept heures du matin qu'une échelle de corde flottait à une des fenêtres du château ; il avait couru aussitôt à la chambre de milady, avait trouvé la chambre vide et la fenêtre ouverte, les barreaux sciés, s'était rappelé la recommandation verbale que lui avait fait transmettre d'Artagnan par son messager, avait tremblé pour le duc, et, courant à l'écurie, sans prendre le temps de faire seller un cheval, avait sauté sur le premier venu, était accouru ventre à terre, avait sauté à bas dans la cour, avait monté précipitamment l'escalier, et, sur le premier degré, avait, comme nous l'avons dit, rencontré Felton.

Cependant le duc n'était pas mort : il revint à lui, rouvrit les yeux, et l'espoir rentra dans tous les cœurs.

— Messieurs, dit-il, laissez-moi seul avec Patrick et Laporte. — Ah ! c'est vous, de

Winter ! vous m'avez envoyé ce matin un singulier fou, voyez l'état dans lequel il m'a mis !

—Oh, milord ! s'écria le baron, je ne m'en consolerai jamais.

—Et tu aurais tort, mon bon de Winter, dit Buckingham en lui tendant la main, je ne connais pas d'homme qui mérite d'être regretté pendant toute la vie d'un autre homme ; mais laisse-nous, je t'en prie.

Le baron sortit en sanglotant.

Il ne resta dans le cabinet que le duc blessé, Laporte et Patrick.

On cherchait un médecin qu'on ne pouvait trouver.

— Vous vivrez, milord, vous vivrez, répétait, à genoux devant le sofa du duc, le fidèle serviteur d'Anne d'Autriche.

— Que m'écrivait-elle ? dit faiblement Buckingham tout ruisselant de sang et domptant, pour parler de celle qu'il aimait, d'atroces douleurs ; que m'écrivait-elle ? Lis-moi sa lettre.

— Oh, milord ! fit Laporte.

— Obéis, Laporte; ne vois-tu pas que je n'ai pas de temps à perdre !

Laporte rompit le cachet, et plaça le parchemin sous les yeux du duc; mais Buckingham essaya vainement de distinguer l'écriture.

— Lis donc, dit-il, lis donc, je n'y vois plus; lis donc ! car bientôt, peut-être, je n'entendrai plus, et je mourrai sans savoir ce qu'elle m'a écrit.

Laporte ne fit plus de difficultés et lut :

« Milord ,

» Par ce que j'ai, depuis que je vous
» connais, souffert par vous et pour vous,
» je vous conjure, si vous avez souci de
» mon repos, d'interrompre ces grands
» armements que vous faites contre la
» France et de cesser une guerre dont on
» dit tout haut que la religion est la cause
» visible et on dit tout bas que votre
» amour pour moi est la cause cachée.
» Cette guerre peut non-seulement ame-
» ner pour la France et pour l'Angleterre

» de grandes catastrophes, mais encore
» pour vous, milord, des malheurs dont
» je ne me consolerais pas.

» Veillez sur votre vie, que l'on menace
» et qui me sera chère du moment où je
» ne serai pas obligée de voir en vous un
» ennemi.

» Votre affectionnée,

» ANNE. »

Buckingham rappela tous les restes de
sa vie pour écouter cette lettre; puis, lorsqu'elle fut finie, comme s'il eût trouvé dans
cette lecture un amer désappointement :

— N'avez-vous donc pas autre chose à me dire de vive voix, Laporte? demanda-t-il.

— Si fait, monseigneur : la reine m'avait chargé de vous dire de veiller sur vous, car elle avait eu avis qu'on voulait vous assassiner.

— Et c'est tout, c'est tout? reprit Buckingham avec impatience.

— Elle m'avait encore chargé de vous dire qu'elle vous aimait toujours.

— Ah, fit Buckingham, Dieu soit loué !

ma mort ne sera donc pas pour elle la mort d'un étranger !...

Laporte fondit en larmes.

— Patrick, dit le duc, apportez-moi le coffret où étaient les ferrets de diamants.

Patrick apporta l'objet demandé, que Laporte reconnut pour avoir appartenu à la reine.

— Maintenant le sachet de satin blanc, où son chiffre est brodé en perles.

Patrick obéit encore.

— Tenez, Laporte, dit Buckingham, voici les seuls gages que j'eusse à elle, ce coffret d'argent et ces deux lettres. Vous les rendrez à Sa Majesté ; et pour dernier souvenir... (il chercha autour de lui quelque objet précieux)... vous y joindrez......

Il chercha encore ; mais ses regards obscurcis par la mort ne rencontrèrent que le couteau tombé des mains de Felton, et fumant encore du sang vermeil étendu sur sa lame.

— Et vous y joindrez ce couteau, dit le duc en serrant la main de Laporte.

Il put encore mettre le sachet au fond du coffret d'argent, y laissa tomber le couteau en faisant signe à Laporte qu'il ne pouvait plus parler; puis, dans une dernière convulsion, que cette fois il n'avait plus la force de combattre, il glissa du sofa sur le parquet.

Patrick poussa un grand cri.

Buckingham voulut sourire une dernière fois; mais la mort arrêta sa pensée, qui resta gravée sur ses lèvres et sur son front comme un dernier adieu d'amour.

En ce moment le médecin du duc arriva tout effaré; il était déjà à bord du
vaisseau amiral, on avait été obligé d'aller
le chercher là.

Il s'approcha du duc, prit sa main, la
garda un instant dans les siennes, et la
laissa retomber.

— Tout est inutile, dit-il, il est mort.

— Mort, mort! s'écria Patrick.

A ce cri toute la foule rentra dans la
salle, et partout ce ne fut plus que con-
sternation et que tumulte.

Aussitôt que lord de Winter vit Buckingham expiré, il courut à Felton, que les soldats gardaient toujours sur la terrasse du palais :

— Misérable ! dit-il au jeune homme, qui depuis la mort de Buckingham avait retrouvé ce calme et ce sang-froid qui ne devait plus l'abandonner ; misérable ! qu'as-tu fait !

— Je me suis vengé, dit-il.

— Toi ! dit le baron ; dis que tu as servi d'instrument à cette femme maudite : mais, je te le jure, ce crime sera son dernier crime.

— Je ne sais ce que vous voulez dire, reprit tranquillement Felton, et j'ignore de qui vous voulez parler, milord; j'ai tué M. de Buckingham parce qu'il a refusé deux fois à vous-même de me nommer capitaine: je l'ai puni de son injustice, voilà tout.

Winter, stupéfait, regardait les gens qui liaient Felton, et ne savait que penser d'une pareille insensibilité.

Une seule chose jetait cependant un nuage sur le front pur de Felton. A chaque bruit qu'il entendait, le naïf puritain croyait reconnaître les pas et la voix de milady venant se jeter dans ses bras pour s'accuser et se perdre avec lui.

Tout à coup il tressaillit, son regard se fixa sur un point de la mer que de la terrasse où il se trouvait on dominait tout entière; avec ce regard d'aigle du marin, il avait reconnu, là où un autre n'aurait vu qu'un goëland se balançant sur les flots, la voile du sloop qui se dirigeait vers les côtes de France.

Il pâlit, porta la main à son cœur, qui se brisait, et comprit toute la trahison.

— Une dernière grâce, milord! dit-il au baron.

— Laquelle? demanda celui-ci.

— Quelle heure est-il?

Le baron tira sa montre.

— Neuf heures moins dix minutes, dit-il.

Milady avait avancé son départ d'une heure et demie; dès qu'elle avait entendu le coup de canon qui annonçait le fatal événement, elle avait donné l'ordre de lever l'ancre.

La barque voguait sous un ciel bleu à une grande distance de la côte.

9.

— Dieu l'a voulu, dit-il avec la résignation du fanatique, mais cependant sans
pouvoir détacher les yeux de cet esquif à
bord duquel il croyait sans doute distinguer le blanc fantôme de celle à qui sa vie
allait être sacrifiée.

Winter suivit son regard, interrogea sa
souffrance et devina tout.

— Sois puni *seul* d'abord, misérable, dit
lord de Winter à Felton, qui se laissait
entraîner les yeux tournés vers la mer,
mais je te jure sur la mémoire de mon

frère, que j'aimais tant, que ta complice n'est pas sauvée.

Felton baissa la tête sans prononcer une syllabe.

Quant à de Winter, il descendit rapidement l'escalier et se rendit au port.

CHAPITRE V.

EN FRANCE.

La première crainte du roi d'Angleterre
Charles Ier, en apprenant cette mort, fut
qu'une si terrible nouvelle ne décourageât

les Rochelais; il essaya, dit Richelieu dans ses mémoires, de la leur cacher le plus long-temps possible, faisant fermer les ports par tout son royaume, et prenant soigneusement garde qu'aucun vaisseau ne sortît jusqu'à ce que l'armée que Buckingham apprêtait fût partie, se chargeant, à défaut de Buckingham, de surveiller lui-même le départ.

Il poussa même la sévérité de cet ordre, jusqu'à retenir en Angleterre les ambassadeurs de Danemarck, qui avaient pris congé, et l'ambassadeur ordinaire de Hollande, qui devait ramener dans le port de Flessingue les navires des Indes que Charles Ier avait fait restituer aux Provinces-Unies.

Mais comme il ne songea à donner cet ordre que cinq heures après l'événement, c'est-à-dire à deux heures de l'après-midi, deux navires étaient déjà sortis des ports : l'un emmenant, comme nous le savons, milady, laquelle se doutant déjà de l'événement fut encore confirmée dans cette croyance en voyant le pavillon noir se déployer au mât du vaisseau amiral.

Quant au second bâtiment, nous dirons plus tard qui il portait et comment il partit.

Pendant ce temps, au reste, rien de nouveau au camp de |La Rochelle; seulement le roi, qui s'ennuyait fort comme toujours, mais peut-être encore un peu plus au camp qu'ailleurs, résolut d'aller incognito passer les fêtes de Saint-Louis à Saint-Germain et demanda au cardinal de lui faire préparer une escorte de vingt mousquetaires seulement. Le cardinal, que l'ennui du roi gagnait quelquefois, accorda avec grand plaisir ce congé à son royal lieutenant, lequel promit d'être de retour vers le 15 septembre.

M. de Tréville, prévenu par Son Éminence, fit son porte-manteau, et, comme, sans en savoir la cause, il savait le vif désir et même l'impérieux besoin que ses amis avaient de revenir à Paris, il va sans dire qu'il les désigna pour faire partie de l'escorte.

Les quatre jeunes gens surent la nouvelle un quart d'heure après M. de Tréville, car ils furent les premiers à qui il la communiqua. Ce fut alors que d'Artagnan apprécia la faveur que lui avait faite le cardinal en le faisant enfin passer aux mousquetaires; sans cette circonstance, il était forcé de rester au camp tandis que ses compagnons partaient.

Il va sans dire que cette impatience de

remonter vers Paris avait pour cause le danger que devait courir madame Bonacieux en se rencontrant au couvent de Béthune avec milady son ennemie mortelle. Aussi, comme nous l'avons dit, Aramis avait écrit immédiatement à Marie Michon, cette lingère de Tours qui avait de si belles connaissances, pour qu'elle obtînt que la reine donnât l'autorisation à madame Bonacieux de sortir du couvent et de se retirer soit en Lorraine, soit en Belgique. La réponse ne s'était pas fait attendre, et, huit ou dix jours après, Aramis avait reçu cette lettre :

« Mon cher cousin,

» Voici l'autorisation de ma sœur à re-

» tirer notre petite servante du couvent de

» Béthune, dont vous pensez que l'air est

» mauvais pour elle. Ma sœur vous envoie

» cette autorisation avec grand plaisir; car

» elle aime fort cette petite fille, à laquelle

» elle se réserve d'être utile plus tard.

» Je vous embrasse.

» MARIE MICHON. »

A cette lettre était jointe une autorisation conçue en ces termes :

« La supérieure du couvent de Béthune

» remettra aux mains de la personne qui

» lui rendra ce billet la novice qui était
» entrée dans son couvent sur ma recom-
» mandation et sous mon patronage.

» Au Louvre, le 10 août 1628.

» ANNE. »

On comprend combien ces relations de
parenté entre Aramis et une lingère qui
appelait la reine sa sœur avaient égayé la
verve des jeunes gens; mais Aramis, après
avoir rougi deux ou trois fois jusqu'au
blanc des yeux aux grosses plaisanteries
de Porthos, avait prié ses amis de ne plus
revenir sur ce sujet, déclarant que s'il lui

en était dit encore un seul mot il n'emploierait plus sa cousine comme intermédiaire dans ces sortes d'affaires.

Il ne fut donc plus question de Marie Michon entre les quatre mousquetaires, qui d'ailleurs avaient ce qu'ils voulaient : c'était l'ordre de tirer madame Bonacieux du couvent des Carmélites de Béthune. Il est vrai que cet ordre ne leur servait pas à grand'chose tant qu'ils seraient au camp de La Rochelle, c'est-à-dire à l'autre bout de la France; aussi d'Artagnan allait-il demander un congé à M. de Tréville, en lui confiant tout bonnement l'importance de son départ, lorsque cette nouvelle lui fut transmise, ainsi qu'à ses trois compagnons, que le roi allait partir pour Paris avec une escorte de vingt mousquetaires, et qu'ils faisaient partie de l'escorte.

La joie fut grande. On envoya les valets devant avec les bagages, et l'on partit le 16 au matin.

Le cardinal reconduisit Sa Majesté de Surgères à Mauzé, et là le roi et son ministre prirent congé l'un de l'autre avec de grandes démonstrations d'amitié.

Cependant le roi, qui cherchait de la distraction tout en cheminant le plus vite qu'il lui était possible, car il désirait être arrivé à Paris pour le 23, s'arrêtait de temps en temps pour voir voler la pie; passe-temps dont le goût lui avait autrefois été inspiré par Luynes, et pour lequel il avait toujours conservé une grande prédilection. Sur les vingt mousquetaires, seize, lorsque la chose arrivait, se réjouissaient fort de ce bon temps; mais quatre maugréaient de leur mieux. D'Artagnan surtout avait des bourdonnements perpétuels dans les oreilles, ce que Porthos expliquait ainsi :

— Une très-grande dame m'a appris que cela veut dire que l'on parle de vous quelque part..

Enfin, l'escorte traversa Paris le 23 dans la nuit; le roi remercia M. de Tréville, et lui permit de distribuer des congés pour quatre jours, à la condition que pas un des favorisés ne paraîtrait dans un lieu public, sous peine de la Bastille.

Les quatre premiers congés accordés, comme on le pense bien, le furent à nos quatre amis : il y a plus, Athos obtint de M. de Tréville six jours au lieu de quatre et fit mettre dans ces six jours deux nuits de plus; car ils partirent le 24 à cinq heures du soir, et, par complaisance encore, M de Tréville postdata le congé du 25 au matin.

— Eh, mon Dieu! disait d'Artagnan, qui, comme on le sait, ne doutait jamais de rien, il me semble que nous faisons bien de l'embarras pour une chose bien simple : en deux jours et en crevant deux ou trois chevaux (peu m'importe, j'ai de l'argent) je suis à Béthune, je remets la lettre de la reine à la supérieure, et je ramène le cher trésor que je vais chercher, non pas en Lorraine, non pas en Belgique, mais à Paris, où il sera bien mieux caché, surtout tant que M. le cardinal sera à La Rochelle. Puis, une fois de retour de la campagne, eh bien! moitié par la protection de sa cousine, moitié en faveur de ce que nous avons fait personnellement pour elle, nous obtiendrons de la reine ce que nous voudrons. Restez donc ici, ne vous épuisez pas de fatigue inutilement; moi et Planchet, c'est tout ce qu'.l faut pour une expédition aussi simple.

A ceci Athos répondait tranquillement:

— Nous aussi, nous avons de l'argent; car je n'ai pas encore bu tout à fait le reste du diamant, et Porthos et Aramis ne l'ont pas tout à fait mangé. Nous crèverons donc aussi bien quatre chevaux qu'un. Mais songez, d'Artagnan, ajouta-t-il d'une voix si sombre que son accent donna le frisson au jeune homme, songez que Béthune est

une ville où le cardinal a donné rendez-
vous à une femme qui, partout où elle va,
mène le malheur après elle. Si vous n'aviez
affaire qu'à quatre hommes, d'Artagnan,
je vous laisserais aller seul. Vous avez affaire à cette femme, allons-y quatre, et
plaise à Dieu qu'avec nos quatre valets
nous soyons en nombre suffisant!

— Vous m'épouvantez, Athos! s'écria
d'Artagnan; que craignez-vous donc, mon
Dieu!

— Tout! répondit Athos.

D'Artagnan examina les visages de ses

compagnons, qui, comme celui d'Athos, portaient l'empreinte d'une inquiétude profonde, et l'on continua la route au plus grand pas des chevaux mais sans ajouter une seule parole.

Le 25 au soir, comme ils entraient à Arras, et comme d'Artaguan venait de mettre pied à terre à l'auberge de la Herse d'Or pour boire un verre de vin, un cavalier sortit de la cour de la poste où il venait de relayer, prenant au grand galop et avec un cheval frais le chemin de Paris. Au moment où il passait de la grande porte dans la rue le vent entr'ouvrit le manteau dont il était enveloppé, quoiqu'on fût au mois d'août, et enleva son chapeau, que le voyageur retint de sa main au moment où il avait déjà quitté sa tête, et enfonça vivement sur ses yeux.

D'Artagnan, qui avait les yeux fixés sur cet homme, devint fort pâle et laissa tomber son verre.

— Qu'avez-vous, monsieur ! dit Planchet... Oh ! là, accourez, messieurs, voilà mon maître qui se trouve mal !

Les trois amis accoururent et trouvèrent d'Artagnan qui, au lieu de se trouver mal, courait à son cheval, ils l'arrêtèrent sur le seuil de la porte.

— Eh bien, où diable vas-tu donc ainsi? lui cria Athos.

— C'est lui! s'écriait d'Artagnan pâle de colère et la sueur sur le front, c'est lui! laissez-moi le rejoindre!

— Mais qui? lui demanda Athos.

— Lui, cet homme!

— Quel homme?

— Cet homme maudit, mon mauvais génie, que j'ai toujours vu lorsque j'étais menacé de quelque malheur, celui qui accompagnait l'horrible femme lorsque je la rencontrais pour la première fois, celui que je cherchais quand j'ai provoqué notre ami Athos, celui que j'ai vu le matin même du jour où madame Bonacieux a été enlevée! je l'ai vu, c'est lui! Je l'ai reconnu quand le vent a entr'ouvert son manteau!

— Diable! dit Athos rêveur.

— En selle, messieurs, en selle ; poursuivons-le, et nous le rattraperons.

— Mon cher, dit Aramis, songez qu'il

va du côté opposé à celui où nous allons, nous ; qu'il a un cheval frais et nous des chevaux fatigués, que par conséquent nous crèverons nos chevaux sans même avoir la chance de le rejoindre. Laissons l'homme, d'Artagnan, sauvons la femme.

— Eh ! monsieur ! s'écria un garçon d'écurie courant après l'inconnu, eh ! monsieur ! voilà un papier qui s'est échappé de votre chapeau ! Eh ! monsieur ! eh !

— Mon ami, dit d'Artagnan, une demi-pistole pour ce papier !

— Ma foi, monsieur, avec grand plaisir ! le voici !

Le garçon d'écurie enchanté de la bonne journée qu'il avait faite, rentra dans la cour de l'hôtel; d'Artagnan déplia le papier.

— Eh bien? demandèrent ses amis en l'entourant.

— Rien qu'un mot! dit d'Artagnan.

— Oui, dit Aramis, mais ce mot est un nom de ville ou de village.

— « *Armentières,* » lut Porthos. Armentières, je ne connais pas cela!

— Et ce nom de ville ou de village est écrit de sa main! s'écria Athos.

— Allons, allons, gardons soigneusement ce papier, dit d'Artagnan ; peut-être
n'ai-je pas perdu ma dernière pistole. A
cheval, mes amis, à cheval !

Et les quatre compagnons s'élancèrent
au galop sur la route de Béthune.

CHAPITRE VI.

LE COUVENT DES CARMÉLITES DE BÉTHUNE.

Les grands criminels portent avec eux
une espèce de prédestination qui leur fait
surmonter tous les obstacles, qui les fait

échapper à tous les dangers, jusqu'au moment que la Providence lassée a marqué pour l'écueil de leur fortune impie.

Il en était ainsi de milady : elle passa au travers des croiseurs des deux nations, et arriva à Boulogne sans aucun accident.

En débarquant à Portsmouth, milady était une Anglaise que les persécutions de la France chassaient de La Rochelle; débarquée à Boulogne après deux jours de traversée, elle se fit passer pour une Française que les Anglais inquiétaient à Portsmouth, dans la haine qu'ils avaient conçue contre la France.

Milady avait d'ailleurs le plus efficace des passe-ports : sa beauté, sa grande mine et la générosité avec laquelle elle répandait les pistoles. Affranchie des formalités d'usage par le sourire affable et les manières galantes d'un vieux gouverneur du port qui lui baisa la main, elle ne resta à Boulogne que le temps de mettre à la poste une lettre ainsi conçue :

« A Son Éminence monseigneur le car-
» dinal de Richelieu en son camp devant
» La Rochelle.

» Monseigneur, que Votre Éminence se
» rassure : Sa Grâce le duc de Bucking-

» ham ne *partira point* pour la France.

» Boulogne, 25 au soir.

» Milady de ** »

— « P.-S. Selon les désirs de Votre Émi-
» nence je me rends au couvent des Car-
» mélites de Béthune, où j'attendrai ses
» ordres. »

Effectivement, le même soir milady se
mit en route; la nuit la prit : elle s'arrêta
et coucha dans une auberge; puis, le lendemain, à cinq heures du matin elle par-

tit, et trois heures après elle entra à Béthune.

Elle se fit indiquer le couvent des Carmélites et y entra aussitôt.

La supérieure vint au-devant d'elle, milady lui montra l'ordre du cardinal; l'abbesse lui fit donner une chambre, et servir
à déjeuner.

Tout le passé s'était déjà effacé aux yeux
de cette femme, et, le regard fixé sur l'avenir, elle ne voyait que la haute fortune que
lui réservait le cardinal, qu'elle avait si

heureusement servi sans que son nom fût mêlé en rien à toute cette sanglante affaire. Les passions toujours nouvelles qui la consumaient donnaient à sa vie l'apparence de ces nuages qui volent dans le ciel, reflétant tantôt l'azur, tantôt le feu, tantôt le noir opaque de la tempête, et qui ne laissent d'autres traces sur la terre que la dévastation et la mort.

Après le déjeuner, l'abbesse vint lui faire sa visite; il y a peu de distraction au cloître, et la bonne supérieure avait hâte de faire connaissance avec sa nouvelle pensionnaire.

Milady voulait plaire à l'abbesse; or c'était chose facile à cette femme si réellement supérieure : elle essaya d'être aimable, elle fut charmante, et séduisit la bonne supérieure par sa conversation si variée, et par les grâces répandues dans toute sa personne.

L'abbesse, qui était une fille de noblesse, aimait surtout les histoires de cour, qui parviennent si rarement jusqu'aux extrémités du royaume, et qui surtout ont tant de peine à franchir les murs des couvents, au seuil desquels viennent expirer les bruits du monde.

11.

Milady au contraire était fort au courant de toutes les intrigues aristocratiques, au milieu desquelles, depuis cinq ou six ans, elle avait constamment vécu ; elle se mit donc à entretenir la bonne abbesse des pratiques mondaines de la cour de France, mêlées aux dévotions outrées du roi ; elle lui fit la chronique scandaleuse des seigneurs et des dames de la cour, que l'abbesse connaissait parfaitement de nom ; toucha légèrement les amours de la reine et de Buckingham, parlant beaucoup pour qu'on parlât un peu.

Mais l'abbesse se contenta d'écouter et de

sourire, le tout sans répondre. Cependant, comme milady vit que ce genre de récits l'amusait fort, elle continua, seulement elle fit tomber la conversation sur le cardinal.

Mais elle était fort embarrassée; elle ignorait si l'abbesse était royaliste ou cardinaliste : elle se tint dans un milieu prudent; mais l'abbesse, de son côté, se tint dans une réserve plus prudente encore, se contentant de faire une profonde inclination de tête toutes les fois que la voyageuse prononçait le nom de Son Éminence.

Milady commença à croire qu'elle s'ennuierait fort dans le couvent; elle résolut donc de risquer quelque chose pour savoir de suite à quoi s'en tenir. Voulant voir jusqu'où irait la discrétion de cette bonne abbesse, elle se mit à dire un mal très-dissimulé d'abord, puis très-circonstancié, du cardinal; racontant les amours du ministre avec madame d'Aiguillon, avec Marion de Lorme et avec quelques autres femmes galantes.

L'abbesse écouta plus attentivement, s'anima peu à peu et sourit.

— Bon, dit milady, elle prend goût à mon discours; si elle est cardinaliste, elle n'y met pas de fanatisme au moins.

Alors, elle passa aux persécutions exercées par le cardinal sur ses ennemis. L'abbesse se contenta de se signer, sans approuver ni désapprouver.

Cela confirma milady dans son opinion, que la religieuse était plutôt royaliste que cardinaliste. Milady continua, renchérissant de plus en plus.

—Je suis fort ignorante sur toutes ces matières-là, dit enfin l'abbesse; mais, tout éloignées que nous sommes de la cour, tout en dehors des intérêts du monde que nous

nous trouvons placées, nons avons des exemples fort tristes de ce que vous nous racontez là ; et l'une de nos pensionnaires a bien souffert des vengeances et des persécutions de M. le cardinal.

— Une de vos pensionnaires, dit milady ; oh, mon Dieu ! pauvre femme, je la plains alors.

— Et vous avez raison, car elle est bien à plaindre : prison, menaces, mauvais traitements, elle a tout souffert. Mais après tout, reprit l'abbesse, M. le cardinal avait peut-être des motifs plausibles pour agir ainsi, et, quoiqu'elle ait l'air d'un ange, il ne faut pas toujours juger les gens sur la mine.

— Bon ! dit milady à elle-même, qui sait ! je vais peut-être découvrir quelque chose ici, je suis en veine.

Et elle s'appliqua à donner à son visage une expression de candeur parfaite.

—Hélas ! dit milady, je le sais, on dit cela, qu'il ne faut pas croire aux physio-nomies, mais à quoi croira-t-on cependant si ce n'est au plus bel ouvrage du Seigneur ! Quant à moi, je serai trompée toute ma vie peut-être, mais je me fierai toujours à une personne dont le visage m'inspirera de la sympathie.

— Vous seriez donc tentée de croire, dit l'abbesse, que cette jeune femme est innocente ?

— M. le cardinal ne punit pas que les crimes, dit-elle; il y a certaines vertus qu'il poursuit plus sévèrement que certains forfaits.

— Permettez-moi, madame, de vous exprimer ma surprise, dit l'abbesse.

— Et sur quoi ? demanda milady avec naïveté.

— Mais sur le langage que vous tenez.

— Que trouvez-vous donc d'étonnant à ce langage ? demanda en souriant milady.

— Vous êtes l'amie du cardinal, puisqu'il vous envoie ici, et cependant...

— Et cependant j'en dis du mal, reprit milady achevant la pensée de la supérieure.

— Au moins n'en dites-vous pas de bien.

—C'est que je ne suis pas son amie, dit-elle en soupirant, mais sa victime.

— Mais cependant cette lettre par laquelle il vous recommande à moi !...

—Est un ordre à moi, de me tenir dans une espèce de prison dont il me fera tirer par quelques-uns de ses satellites...

—Mais pourquoi n'avez-vous pas fui ?

— Où irais-je ? croyez-vous qu'il y ait

un endroit de la terre où ne puisse atteindre le cardinal s'il veut se donner la peine
de tendre la main ! Si j'étais un homme, à
la rigueur cela serait possible encore ;
mais une femme, que voulez-vous que fasse
une femme ! Cette jeune pensionnaire, que
vous avez ici , a-t-elle essayé de fuir, elle?

— Non, c'est vrai ; mais, elle, c'est autre
chose, je la crois retenue en France par
quelque amour.

— Alors, dit milady avec un soupir, si
elle aime, elle n'est pas tout à fait malheureuse.

— Ainsi , dit l'abbesse en regardant

milady avec un intérêt croissant, c'est encore une pauvre persécutée que je vois?

— Hélas, oui! dit milady.

L'abbesse regarda un instant milady avec inquiétude, comme si une nouvelle pensée surgissait dans son esprit.

— Vous n'êtes pas ennemie de notre sainte foi? dit-elle en balbutiant.

— Moi, s'écria milady, moi, protestante! Oh! non, j'atteste le Dieu qui nous entend, que je suis au contraire fervente catholique.

— Alors, madame, dit l'abbesse en souriant, rassurez-vous ; la maison où vous êtes ne vous sera pas une prison bien dure, et nous ferons tout ce qu'il faudra pour vous faire chérir la captivité. Il y a plus, vous trouverez ici cette jeune femme persécutée sans doute par suite de quelque intrigue de cour. Elle est aimable, gracieuse.

— Comment la nommez-vous ?

—Elle m'a été recommandée par quelqu'un de très-haut placé sous le nom de Ketty. Je n'ai pas cherché à savoir son autre nom.

— Ketty! s'écria milady ; quoi, vous êtes sûre?..

— Qu'elle se fait appeler ainsi? Oui, madame. La connaîtriez-vous ?

Milady sourit à elle-même et à l'idée qui lui était venue que cette jeune femme pouvait être son ancienne camérière. Il était lié au souvenir de cette jeune fille un souvenir de colère ; et un désir de vengeance avait bouleversé les traits de milady, qui reprirent au reste presque aussitôt l'expression calme et bienveillante que cette femme aux cent visages leur avait momentanément fait perdre.

— Et quand pourrai-je voir cette jeune dame, pour laquelle je me sens déjà une si grande sympathie ? demanda milady.

— Mais, ce soir, dit l'abbesse, dans la journée même. Mais vous voyagez depuis quatre jours, m'avez-vous dit vous-même ; ce matin vous vous êtes levée à cinq heures, vous devez avoir besoin de repos. Couchez-vous et dormez, à l'heure du dîner nous vous réveillerons.

Quoique milady eût très-bien pu se passer de sommeil, soutenue qu'elle était par toutes les excitations qu'une aventure nouvelle faisait éprouver à son cœur avide d'intrigues, elle n'en accepta pas moins l'offre de la supérieure : depuis douze ou quinze jours elle avait passé par tant d'émotions diverses, que, si son corps de fer pouvait encore soutenir la fatigue, son âme avait besoin de repos.

Elle prit donc congé de l'abbesse et se coucha, doucement bercée par des idées de vengeance auxquelles l'avait tout naturellement ramenée le nom de Ketty. Elle se rappelait cette promesse presque illimitée que lui avait faite le cardinal, si elle réussissait dans son entreprise. Elle avait réussi, d'Artagnan était donc à elle !

Une seule chose l'épouvantait, c'était le souvenir de son mari; c'était le comte de La Fère, qu'elle avait cru mort ou du moins expatrié, et qu'elle retrouvait dans Athos, le meilleur ami de d'Artagnan.

Mais aussi, s'il était l'ami de d'Artagnan, il avait dû lui prêter assistance dans toutes les menées à l'aide desquelles la reine avait déjoué les projets de Son Éminence : s'il était l'ami de d'Artagnan, il était l'ennemi du cardinal ; et sans doute elle parviendrait à l'envelopper dans la vengeance aux replis de laquelle elle espérait étouffer le jeune mousquetaire.

Toutes ces espérances étaient de douces pensées pour milady; aussi, bercée par elles, s'endormit-elle bientôt.

Elle fut réveillée par une voix douce qui retentit aux pieds de son lit. Elle ouvrit les yeux, et vit l'abbesse accompagnée d'une jeune femme aux cheveux blonds, au teint délicat, qui fixait sur elle un regard plein de bienveillante curiosité.

La figure de cette jeune femme lui était complétement inconnue; toutes deux s'examinèrent avec une scrupuleuse attention, tout en échangeant les compliments d'usage : toutes deux étaient fort belles, mais de beautés tout à fait différentes. Cependant milady sourit en reconnaissant qu'elle l'emportait de beaucoup sur la jeune femme en grand air et en façons aristocratiques. Il est vrai que l'habit de novice que portait la jeune femme n'était pas très-avantageux pour soutenir une lutte de ce genre.

L'abbesse les présenta l'une à l'autre ; puis, lorsque cette formalité fut remplie, comme ses devoirs l'appelaient à l'église, elle laissa les deux jeunes femmes seules.

La novice, voyant milady couchée, vou-

lait suivre la supérieure, mais milady la
retint,

— Comment, madame, lui dit-elle, à
peine vous ai-je aperçue et vous voulez déjà
me priver de votre présence, sur laquelle
je comptais cependant un peu, je vous
l'avoue, pour le temps que j'ai à passer
ici !

— Non, madame, répondit la novice,
seulement je craignais d'avoir mal choisi
mon temps : vous dormiez, vous êtes fa-
tiguée.

— Eh bien, dit milady, que peuvent

demander les gens qui dorment? un bon réveil. Ce réveil, vous me l'avez donné; laissez-moi en jouir tout à mon aise.

Et lui prenant la main, elle l'attira sur un fauteuil qui était près de son lit.

La novice s'assit.

— Mon Dieu! dit-elle, que je suis malheureuse! voilà six mois que je suis ici, sans l'ombre d'une distraction; vous arrivez, votre présence allait être pour moi une compagnie charmante, et voilà que, selon toute probabilité, d'un moment à l'autre je vais quitter le couvent!

— Comment! dit milady, vous sortez donc bientôt?

— Du moins je l'espère, dit la nove avec une expression de joie qu'elle ne cherchait pas le moins du monde à déguiser.

—Je crois avoir appris que vous aviez souffert de la part du cardinal, continua milady; c'eût été un motif de plus de sympathie entre nous.

— Ce que m'a dit notre bonne mère est donc la vérité, que vous étiez aussi une victime de ce méchant prêtre?

—Chut ! dit milady, même ici ne parlons pas ainsi de lui ; tous mes malheurs viennent d'avoir dit à peu près ce que vous venez de dire, devant une femme que je croyais mon amie et qui m'a trahie. Et vous êtes aussi, vous, la victime d'une trahison ?

— Non, dit la novice, mais de mon dévouement ; d'un dévouement à une femme que j'aimais, pour qui j'eusse donné ma vie, pour qui je la donnerais encore.

—Et qui vous a abandonnée, c'est cela !

—J'ai été assez injuste pour le croire,

mais depuis deux ou trois jours j'ai acquis la preuve du contraire; et j'en remercie Dieu, il m'aurait coûté de croire qu'elle m'avait oubliée. Mais, vous, madame, continua la novice, il me semble que vous êtes libre, et que si vous vouliez fuir il ne tiendrait qu'à vous.

— Où voulez-vous que j'aille, sans amis, sans argent, dans une partie de la France que je ne connais pas, où je ne suis jamais venue...

— Oh ! s'écria la novice, quant à des amis, vous en aurez partout où vous vous montrerez, vous paraissez si bonne et vous êtes si belle !

— Cela n'empêche pas, reprit milady en adoucissant son sourire de manière à lui donner une expression angélique, que je suis seule et persécutée.

— Écoutez, dit la novice, il faut avoir bon espoir dans le ciel, voyez-vous ; il vient toujours un moment où le bien que l'on a fait plaide votre cause devant Dieu, et, tenez, peut-être est-ce un bonheur pour vous, tout humble et sans pouvoir que je suis, que vous m'ayez rencontrée: car, si je sors d'ici, eh bien ! j'aurai quelques amis puissants, qui, après s'être mis en campagne pour moi, pourront aussi se mettre en campagne pour vous.

— Oh ! quand j'ai dit que j'étais seule, dit milady espérant faire parler la novice en parlant elle-même, ce n'est pas faute d'avoir aussi quelques connaissances haut placées ; mais ces connaissances tremblent elles-mêmes devant le cardinal : la reine elle-même n'ose pas soutenir contre le terrible ministre ; et j'ai la preuve que Sa Majesté, malgré son excellent cœur, a plus d'une fois été obligée d'abandonner à la colère de Son Éminence les personnes qui l'avaient servie.

—Croyez-moi, madame, la reine peut avoir l'air d'avoir abandonné ces personnes-là, mais il ne faut pas en croire l'apparence : plus elles sont persécutées, plus elle pense à elles; et souvent, au moment où elles y pensent le moins, elles ont la preuve d'un bon souvenir.

—Hélas, dit milady, je le crois, la reine est si bonne !

—Oh, vous la connaissez donc, cette belle et noble reine, que vous parlez d'elle ainsi ! s'écria la novice avec enthousiasme.

—C'est-à-dire, reprit milady poussée

dans ses retranchements, qu'elle personnellement je n'ai pas l'honneur de la connaître, mais je connais bon nombre de ses amis les plus intimes : je connais M. de Putange, j'ai connu en Angleterre M. Dujart, je connais M. de Tréville.

— M. de Tréville ! s'écria la novice, vous connaissez M. de Tréville ?

— Oui, parfaitement, beaucoup même.

— Le capitaine des mousquetaires du roi ?

— Le capitaine des mousquetaires du roi.

—Oh! mais vous allez voir, s'écria la novice, que tout à l'heure nous allons être des connaissances achevées, presque des amies; si vous connaissez M. de Tréville, vous avez dû aller chez lui.

—Souvent! dit milady, qui, entrée dans cette voie et s'apercevant que le mensonge réussissait, voulait le pousser jusqu'au bout.

—Chez lui, vous avez dû voir quelques-uns de ses mousquetaires?

—Tous ceux qu'il reçoit habituellement ! répondit milady, pour laquelle cette conversation commençait à prendre un intérêt réel.

— Nommez-moi quelques-uns de ceux que vous connaissez, et vous verrez qu'ils seront de mes amis.

— Mais, dit milady embarrassée, je connais M. de Souvigny, M. de Courtivron, M. de Férussac.

La novice la laissa dire; puis, voyant qu'elle s'arrêtait :

— Vous ne connaissez pas, dit-elle, un gentilhomme nommé Athos ?

Milady devint aussi pâle que les draps dans lesquels elle était couchée, et, si maîtresse qu'elle fût d'elle même, ne put s'empêcher de pousser un cri en saisissant la main de son interlocutrice et en la dévorant du regard.

— Quoi! qu'avez-vous? oh, mon Dieu! demanda cette pauvre femme, ai-je donc dit quelque chose qui vous ait blessée?

— Non; mais ce nom m'a frappée parce que, moi aussi, j'ai connu ce gentilhomme, et qu'il m'a paru étrange de trouver quelqu'un qui paraisse le connaître beaucoup.

— Oh, oui! beaucoup, beaucoup! non-seulement lui, mais encore ses amis: MM. Porthos et Aramis!

— En vérité! eux aussi! je les connais! s'écria milady, qui sentit le froid pénétrer jusqu'à son cœur.

— Eh bien! si vous les connaissez, vous devez savoir qu'ils sont bons et francs compagnons; que ne vous adressez-vous à eux, si vous avez besoin d'appui?

C'est-à-dire, balbutia milady, je ne suis liée réellement avec aucun d'eux ; je les connais pour en avoir entendu beaucoup parler par un de leurs amis, M. d'Artagnan.

— Vous connaissez M. d'Artagnan ! s'écria la novice à son tour en saisissant les mains de milady et la dévorant des yeux.

Puis, remarquant l'étrange expression du regard de milady :

— Pardon, madame, dit-elle, vous le connaissez, à quel titre ?

13.

— Mais, reprit milady embarrassée, mais à titre d'ami.

— Vous me trompez, madame, dit la novice, vous avez été sa maîtresse.

— C'est vous qui l'avez été, madame ! s'écria milady à son tour.

— Moi ! dit la novice.

— Oui, vous ; je vous connais maintenant : vous êtes madame Bonacieux.

La jeune femme se recula pleine de surprise et de terreur.

— Oh, ne niez pas! répondez, reprit milady.

— Eh bien, oui, madame! dit la novice, sommes-nous rivales?

La figure de milady s'illumina d'un feu tellement sauvage que dans toute autre circonstance madame Bonacieux se fût enfuie d'épouvante, mais elle était toute à sa jalousie.

—Voyons, dites, madame, reprit madame Bonacieux avec une énergie dont on l'eût crue incapable, avez-vous été ou êtes-vous sa maîtresse?

— Oh, non! s'écria milady avec un accent qui n'admettait pas le doute sur sa vérité, jamais! jamais!

— Je vous crois, dit madame Bonacieux; mais pourquoi donc alors vous êtes vous écriée ainsi?

— Comment, vous ne comprenez pas! dit milady, qui était déjà remise de son trouble et qui avait retrouvé toute sa présence d'esprit.

— Comment voulez-vous que je comprenne? je ne sais rien !

—Vous ne comprenez pas que M. d'Artagnan, étant mon ami, m'avait prise pour confidente?

— Vraiment!

— Vous ne comprenez pas que je sais tout votre enlèvement de la petite maison de Saint-Germain, son désespoir, celui de ses amis, leurs recherches inutiles depuis ce moment! Et comment ne voulez-vous pas que je m'en étonne quand, sans m'en douter, je me trouve en face de vous, de vous dont nous avons parlé si souvent ensemble, de vous qu'il aime de toute la force de son âme, de vous qu'il m'avait fait aimer avant que je ne vous eusse vue! Ah, chère Constance, je vous trouve donc, je vous vois donc enfin!

Et milady tendit ses bras à madame Bonacieux, qui, convaincue par ce qu'elle venait de lui dire, ne vit plus dans cette femme, qu'un instant auparavant elle avait crue sa rivale, qu'une amie sincère et dévouée.

—Oh, pardonnez-moi! pardonnez-moi! s'écria-t-elle en se laissant aller sur son épaule, je l'aime tant!

Ces deux femmes se tinrent un instant embrassées. Certes, si les forces de milady eussent été à la hauteur de sa haine, madame Bonacieux ne fût sortie que morte de cet embrassement.

Mais ne pouvant pas l'étouffer elle lui sourit :

— O chère belle, chère bonne petite, dit milady, que je suis heureuse de vous voir ! Laissez-moi vous regarder. Et en disant ces mots elle la dévorait effectivement du regard. Oui, c'est bien vous. Ah ! d'après ce qu'il m'a dit, je vous reconnais à cette heure, je vous reconnais parfaitement.

La pauvre jeune femme ne pouvait se douter de ce qui se passait d'affreusement cruel derrière le rempart de ce front pur, derrière ces yeux si brillants où elle ne lisait que de l'intérêt et de la compassion.

— Alors vous savez ce que j'ai souffert, dit madame Bonacieux, puisqu'il vous a dit ce qu'il souffrait : mais souffrir pour lui, c'est du bonheur.

Milady reprit machinalement :

— Oui, c'est du bonheur.

Elle pensait à autre chose.

—Et puis, continua madame Bonacieux, mon supplice touche à son terme :
demain, ce soir peut-être, je le reverrai, et
alors le passé n'existera plus.

— Ce soir? demain? s'écria milady
tirée de sa rêverie par ces paroles: que
voulez-vous dire, attendez-vous quelque
nouvelle de lui?

— Je l'attends lui-même.

— Lui-même, d'Artagnan ici!

— Lui-même.

— Mais, c'est impossible! il est au siége de La Rochelle avec le cardinal; il ne reviendra qu'après la prise de la ville.

— Vous le croyez ainsi; mais est-ce qu'il y a quelque chose d'impossible à mon d'Artagnan, le noble et loyal gentilhomme!

— Oh, je ne puis vous croire!

— Eh bien, lisez donc! dit, dans l'excès

de son orgueil et de sa joie, la malheureuse jeune femme en présentant une
lettre à milady.

— L'écriture de madame de Chevreuse!
se dit en elle-même milady. Ah, j'étais
bien sûre qu'ils avaient des intelligences de
ce côté-là !

Et elle lut avidement ces quelques lignes:

« Ma chère enfant, tenez-vous prête;
» *notre ami* vous verra bientôt, et il ne
» vous verra que pour vous arracher de la
» prison où votre sûreté exigeait que vous
» fussiez cachée: préparez-vous donc au

» départ et ne désespérez jamais de nous.

» Notre charmant Gascon vient de se
» montrer brave et fidèle comme tou-
» jours, dites-lui qu'on lui est bien recon-
» naissant quelque part de l'avis qu'il a
» donné. »

—Oui, oui, dit milady, oui, la lettre est
précise. Savez-vous quel est cet avis?

—Non. Je me doute seulement qu'il
aura prévenu la reine de quelque nouvelle
machination du cardinal.

—Oui, c'est cela sans doute! dit milady

en rendant la lettre à madame Bonacieux et en laissant retomber sa tête pensive sur sa poitrine.

En ce moment on entendit le galop d'un cheval.

— Oh ! s'écria madame Bonacieux en s'élançant à la fenêtre, serait-ce déjà lui !

Milady était restée dans son lit, pétrifiée par la surprise ; tant de choses inattendues lui arrivaient tout à coup que pour la première fois la tête lui manquait.

— Lui ! lui ! murmura-t-elle, serait-ce lui ! Et elle demeurait dans son lit les yeux fixes.

— Hélas, non ! dit madame Bonacieux, c'est un homme que je ne connais pas, et qui cependant a l'air de venir ici; oui, il ralentit sa course, il s'arrête à la porte, il sonne.

Milady sauta hors de son lit.

— Vous êtes bien sûre que ce n'est pas lui ? dit-elle.

— Oh oui, bien sûre !

— Vous avez peut-être mal vu.

— Oh, je verrais la plume de son feutre, le bout de son manteau, que je le reconnaîtrais, lui !

Milady s'habillait toujours.

— N'importe ! cet homme vient ici, dites-vous ?

— Oui, il est entré.

— C'est ou pour vous ou pour moi.

— Oh, mon Dieu ! comme vous semblez agitée !

— Oui, je l'avoue, je n'ai pas votre confiance, je crains tout du cardinal.

— Chut ! dit madame Bonacieux, on vient !

Effectivement, la porte s'ouvrit et la supérieure entra.

VII.   14

—Est-ce vous qui arrivez de Boulogne ? demanda-t-elle à milady.

—Oui, c'est moi, répondit celle-ci, et, tâchant de ressaisir son sang-froid, qui me demande ?

— Un homme qui ne veut pas dire son nom, mais qui vient de la part du cardinal.

—Et qui veut me parler ? demanda milady.

— Qui veut parler à une dame, arrivant de Boulogne.

— Alors, faites entrer, madame, je vous prie.

— Oh, mon Dieu! mon Dieu! dit madame Bonacieux, serait-ce quelque mauvaise nouvelle !

— J'en ai peur.

— Je vous laisse avec cet étranger, mais aussitôt son départ, si vous le permettez, je reviens.

— Comment donc! je vous en prie.

La supérieure et madame Bonacieux sortirent.

Milady resta seule, les yeux fixés sur la

porte; un instant après on entendit le bruit d'éperons qui retentissaient sur les escaliers, puis les pas se rapprochèrent, puis la porte s'ouvrit, et un homme parut.

Milady jeta un cri de joie : cet homme, c'était le comte de Rochefort, l'âme damnée de Son Éminence.

CHAPITRE VII.

DEUX VARIÉTÉS DE DÉMONS.

—Ah! s'écrièrent ensemble Rochefort
et milady, c'est vous !

—Oui, c'est moi.

— Et vous arrivez?... demanda milady.

— De La Rochelle, et vous?

— D'Angleterre.

—Buckingham?

— Mort, ou blessé dangereusement; comme je partais sans avoir rien pu obtenir de lui, un fanatique venait de l'assassiner.

— Ah, fit Rochefort avec un sourire, voilà un hasard bien heureux, et qui satisfera fort Son Éminence! L'avez-vous prévenue?

— Je lui ai écrit de Boulogne. Mais comment êtes-vous ici?

— Son Éminence, inquiète, m'a envoyé à votre recherche.

— Je suis arrivée d'hier seulement.

—Et qu'avez-vous fait depuis hier ?

— Je n'ai pas perdu mon temps.

— Oh , je m'en doute bien !

— Savez-vous qui j'ai rencontré ici ?

— Non.

—Devinez.

— Comment voulez-vous ?...

— Cette jeune femme que la reine a tirée de prison.

— La maîtresse de ce petit d'Artagnan !

— Oui, madame Bonacieux, dont le cardinal ignorait la retraite.

— Eh bien, dit Rochefort, voilà encore un hasard qui peut aller de pair avec l'autre, M. le cardinal est en vérité un homme privilégié !

— Comprenez-vous mon étonnement, continua milady, quand je me suis trouvée face à face avec cette femme !

— Vous connait-elle ?

— Non.

— Alors elle vous regarde comme une étrangère ?

Milady sourit.

—Je suis sa meilleure amie !

—Sur mon honneur, dit Rochefort, il n'y a que vous, ma chère comtesse, pour faire de ces miracles-là.

— Et bien m'en a pris, chevalier, dit milady, car savez-vous ce qui se passe ?

— Non.

— On va la venir chercher demain ou après-demain avec un ordre de la reine.

— Vraiment ! et qui cela ?

— D'Artagnan et ses amis.

—En vérité ils en feront tant, que nous serons obligés de les envoyer à la Bastille.

— Pourquoi n'est-ce point déjà fait ?

— Que voulez-vous ! parce que M. le cardinal a pour ces hommes une faiblesse que je ne comprends pas.

— Vraiment ?

— Oui.

— Eh bien ! dites-lui ceci, Rochefort :
dites-lui que notre conversation à l'auberge du Colombier-Rouge a été entendue
par ces quatre hommes ; dites-lui qu'après
son départ l'un d'eux est monté et m'a
arraché par violence le sauf-conduit qu'il
m'avait donné ; dites-lui qu'ils avaient fait
prévenir lord de Winter de mon passage
en Angleterre ; que, cette fois encore, ils
ont failli faire échouer ma mission,
comme ils ont fait échouer celle des ferrets ;
dites-lui que, parmi ces quatre hommes,

deux seulement sont à craindre, d'Artagnan et Athos ; dites-lui que le troisième,
Aramis, est l'amant de madame de Chevreuse ; il faut laisser vivre celui-là, on sait
son secret, il peut être utile ; quant au
quatrième, Porthos, c'est un sot, un fat
et un niais, qu'il ne s'en occupe même pas.

— Mais ces quatre hommes doivent être
à cette heure au siége de La Rochelle.

— Je le croyais comme vous, mais une
lettre que madame Bonacieux a reçue de
la connétable, et qu'elle a eu l'imprudence
de me communiquer, me porte à croire

que ces quatre hommes au contraire sont
en campagne pour la venir enlever.

— Diable! comment faire?

— Que vous a dit le cardinal à mon
égard?

— De prendre vos dépêches écrites ou
verbales, de revenir en poste, et, quand il
saura ce que vous avez fait, il avisera ce
que vous devez faire.

— Je dois donc rester ici?

— Ici ou dans les environs.

— Vous ne pouvez m'emmener avec vous?

— Non, l'ordre est formel : aux environs du camp, vous pourriez être reconnue; et votre présence, vous le comprenez, compromettrait Son Éminence.

— Allons, je dois attendre ici ou dans les environs.

— Seulement, dites-moi d'avance où vous attendrez des nouvelles du cardinal : que je sache toujours où vous retrouver.

— Écoutez, il est probable que je ne pourrai rester ici.

— Pourquoi ?

— Vous oubliez que mes ennemis peuvent arriver d'un moment à l'autre.

— C'est vrai ; mais alors cette petite femme va échapper à Son Éminence ?

— Bah ! dit milady avec un sourire qui n'appartenait qu'à elle, vous oubliez que je suis sa meilleure amie.

— Ah ! c'est vrai ; je puis donc dire au cardinal, à l'endroit de cette femme...

— Qu'il soit tranquille.

— Voilà tout?

— Il saura ce que cela veut dire.

— Il le devinera. Maintenant , voyons, que dois-je faire?

— Repartir à l'instant même ; il me semble que les nouvelles que vous reportez valent bien la peine que l'on fasse diligence.

— Ma chaise s'est cassée en entrant à Lilliers.

— A merveille !

— Comment, à merveille ?

— Oui : j'ai besoin de votre chaise, moi.

— Et comment partirai-je alors ?

— A franc étrier.

— Vous en parlez bien à votre aise, cent quatre-vingts lieues...

— Qu'est-ce que cela ?

— On les fera. Après ?

— Après : en repassant à Lilliers, vous me renvoyez la chaise avec ordre à votre domestique de se mettre à ma disposition.

— Bien.

— Vous avez sans doute sur vous quelque ordre du cardinal ?

— J'ai mon plein pouvoir.

— Vous le montrez à l'abbesse et vous dites qu'on viendra me chercher, soit aujourd'hui, soit demain, et que j'aurai à suivre la personne qui se présentera en votre nom.

— Très-bien !

— N'oubliez pas de me traiter durement en parlant de moi à l'abbesse.

— A quoi bon ?

— Je suis une victime du cardinal. Il faut bien que j'inspire de la confiance à cette pauvre petite madame Bonacieux.

— C'est juste. Maintenant voulez-vous me faire un rapport de tout ce qui est arrivé ?

— Mais je vous ai raconté les événements, vous avez bonne mémoire, répétez les choses comme je vous les ai dites, un papier se perd.

— Vous avez raison ; seulement que je

15.

sache où vous retrouver, que je n'aille pas courir inutilement dans les environs.

— C'est juste, attendez.

— Voulez-vous une carte?

—Oh, je connais ce pays-ci à merveille!

— Vous, quand donc y êtes-vous venue?

— J'y ai été élevée.

— Vraiment!

— C'est bon à quelque chose, vous le voyez, que d'avoir été élevée quelque part.

— Vous m'attendrez donc?

— Laissez-moi réfléchir un instant; eh, tenez, à Armentières.

— Qu'est-ce que cela, Armentières ?

— Une petite ville sur la Lys; je n'aurai qu'à traverser la rivière, et je suis en pays étranger.

— A merveille ! mais il est bien entendu que vous ne traversez la rivière qu'en cas de danger.

— C'est bien entendu.

— Et, dans ce cas, comment saurai-je où vous êtes ?

— Vous n'avez pas besoin de votre laquais?

— Non.

— C'est un homme sûr ?

— A l'épreuve.

— Donnez-le moi ; personne ne le connaît, je le laisse à l'endroit que je quitte, et il vous conduit où je suis.

— Et vous dites que vous m'attendez à Armentières ?

— A Armentières.

— Écrivez-moi ce nom-là sur un morceau de papier, de peur que je ne l'oublie ; ce n'est pas compromettant, un nom de ville, n'est-ce pas ?

— Eh, qui sait ! n'importe, dit milády en écrivant le nom sur une demi-feuille de papier, je me compromets.

— Bien ! dit Rochefort en prenant des mains de milady le papier, qu'il plia et qu'il enfonça dans la coiffe de son feutre ; d'ailleurs, soyez tranquille, je vais faire comme les enfants, et, dans le cas où je perdrais ce papier, répéter le nom tout le long de la route. Maintenant est-ce tout ?

— Je le crois.

— Cherchons bien : Buckingham mort, ou grièvement blessé ; votre entretien avec le cardinal entendu des quatre mousquetaires ; lord de Winter prévenu de votre arrivée à Portsmouth ; d'Artagnan et Athos à la Bastille ; Aramis l'amant de madame de Chevreuse ; Porthos un fat ; madame Bonacieux retrouvée ; vous envoyer la chaise le plus tôt possible ; mettre mon laquais à votre disposition ; faire de vous une victime du cardinal, pour que l'abbesse ne prenne aucun soupçon ; Armentières sur les bords de la Lys. Est-ce cela ?

— En vérité, mon cher chevalier, vous êtes un miracle de mémoire.

—A propos, ajoutez une chose...

— Laquelle ?

— J'ai vu de très-jolis bois qui doivent toucher au jardin du couvent, dites qu'il m'est permis de me promener dans ces bois ; qui sait ? j'aurai peut-être besoin de sortir par une porte de derrière.

— Vous pensez à tout.

— Et vous oubliez une chose...

—Laquelle ?

— C'est de me demander si j'ai besoin d'argent.

— C'est juste, combien voulez-vous?

— Tout ce que vous aurez d'or.

— J'ai cinq cents pistoles à peu près.

— J'en ai autant, avec mille pistoles on fait face à tout; videz vos poches.

— Voilà.

— Bien! et vous partez?

— Dans une heure; le temps de manger un morceau, pendant lequel j'enverrai chercher un cheval de poste.

—A merveille ! Adieu, chevalier !

— Adieu, comtesse !

— Recommandez-moi au cardinal.

—Recommandez-moi à Satan.

Milady et Rochefort échangèrent un sourire et se séparèrent.

Une heure après, Rochefort partit au grand galop de son cheval; cinq heures après il passait à Arras.

Nos lecteurs savent déjà comment il avait été reconnu par d'Artagnan, et comment cette reconnaissance, en inspirant

des craintes aux quatre mousquetaires,
avait donné une nouvelle activité à leur
voyage.

CHAPITRE VIII.

LA GOUTTE D'EAU.

A peine Rochefort fut-il sorti que madame Bonacieux rentra, elle trouva milady
le visage riant.

— Eh bien, dit la jeune femme, ce que vous craigniez est donc arrivé, ce soir ou demain le cardinal vous envoie prendre ?

— Qui vous a dit cela, mon enfant ? demanda milady.

— Je l'ai entendu de la bouche même du messager.

— Venez vous asseoir ici près de moi, dit milady.

— Me voici.

— Attendez que je m'assure si personne ne nous écoute.

— Pourquoi toutes ces précautions ?

— Vous allez le savoir.

Milady se leva, alla à la porte, l'ouvrit, regarda dans le corridor, et revint se rasseoir près de madame Bonacieux.

— Alors, dit-elle, il a bien joué son rôle.

— Qui cela ?

— Celui qui s'est présenté à l'abbesse comme l'envoyé du cardinal.

— C'était donc un rôle qu'il jouait ?

—Oui, mon enfant.

—Cet homme n'est donc pas...

—Cet homme, dit milady en baissant la voix, c'est mon frère.

—Votre frère ! s'écria madame Bonacieux.

—Eh bien ! il n'y a que vous qui sachiez ce secret, mon enfant; si vous le confiez à qui que ce soit au monde, je serai perdue et vous aussi peut-être.

—Oh, mon Dieu !

—Écoutez, voilà ce qui se passe : mon

frère, qui venait à mon secours pour m'enlever d'ici de force, s'il le fallait, a rencontré l'émissaire du cardinal qui venait me chercher; il l'a suivi. Arrivé à un endroit du chemin solitaire et écarté, il a mis l'épée à la main en sommant le messager de lui remettre les papiers dont il était porteur; le messager a voulu se défendre : mon frère l'a tué.

— Oh ! fit madame Bonacieux en frissonnant.

— C'était le seul moyen, songez-y. Alors mon frère a résolu de substituer la ruse à la force : il a pris les papiers, il s'est présenté ici comme l'émissaire du cardinal lui-même; et dans une heure ou deux une voiture doit venir me prendre de la part de Son Éminence.

— Je comprends; cette voiture, c'est votre frère qui vous l'envoie.

— Justement; mais ce n'est pas le tout: cette lettre que vous avez reçue, et que vous croyez de madame de Chevreuse...

—Eh bien?

— Elle est fausse.

— Comment cela?

— Oui, fausse : c'est un piége pour que vous ne fassiez pas de résistance quand on viendra vous chercher.

— Mais c'est d'Artagnan qui viendra.

— Détrompez-vous , d'Artagnan et ses amis sont retenus au siége de La Rochelle.

— Comment savez-vous cela?

— Mon frère a rencontré des émissaires du cardinal en habits de mousquetaires. On vous aurait appelée à la porte, vous auriez cru avoir affaire à des amis, on vous enlevait et on vous ramenait à Paris.

— Oh ! mon Dieu ! ma tête se perd au milieu de ce chaos d'iniquités, je sens que si cela durait, continua madame Bonacieux en portant ses mains à son front, je deviendrais folle !

— Attendez...

— Quoi ?

— J'entends le pas d'un cheval, c'est celui de mon frère qui repart ; je veux lui dire un dernier adieu, venez.

Milady ouvrit la fenêtre et fit signe à

madame Bonacieux de l'y venir rejoindre.
La jeune femme y alla.

Rochefort passait au galop.

— Adieu, frère! cria milady.

Le chevalier leva la tête, vit les deux
jeunes femmes, et tout courant fit à milady un signe amical de la main.

— Ce bon Georges, dit-elle en refer-
mant la fenêtre avec une expression de visage pleine d'affection et de mélancolie.

Et elle revint s'asseoir à sa place comme

si elle eût été plongée dans des réflexions toutes personnelles.

—Chère dame! dit madame Bonacieux, pardon de vous interrompre! mais que me conseillez-vous de faire? Mon Dieu! vous avez plus d'expérience que moi, parlez, je vous écoute.

— D'abord, dit milady, il se peut que je me trompe et que d'Artagnan et ses amis viennent véritablement à votre secours.

— Oh! c'eût été trop beau! s'écria madame Bonacieux, et tant de bonheur n'est pas fait pour moi!

—Alors, vous comprenez, ce serait tout simplement une question de temps, une espèce de course à qui arrivera le premier : si ce sont vos amis qui l'emportent en rapidité, vous êtes sauvée ; si ce sont les satellites du cardinal, vous êtes perdue.

—Oh! oui, oui! perdue sans miséricorde! Que faire donc? que faire?

—Il y aurait un moyen bien simple, bien naturel...

—Lequel, dites?

—Ce serait d'attendre cachée dans les

environs, et de s'assurer ainsi quels sont les hommes qui viendront vous demander.

— Mais où attendre?

— Oh! ceci n'est point une question; moi-même je m'arrête et je me cache à quelques lieues d'ici en attendant que mon frère vienne me rejoindre; eh bien! je vous emmène avec moi, nous nous cachons et nous attendons ensemble.

— Mais on ne me laissera pas partir, je suis ici presque prisonnière.

— Comme on croit que je pars sur un ordre du cardinal, on ne vous croira pas très-pressée de me suivre.

—Eh bien?

— Eh bien! la voiture est à la porte, vous me dites adieu, vous montez sur le marchepied pour me serrer dans vos bras une dernière fois; le domestique de mon frère qui vient me prendre est prévenu, il fait un signe au postillon et nous partons au galop.

— Mais d'Artagnan, d'Artagnan, s'il vient?

— Ne le saurons-nous pas?

— Comment?

— Rien de plus facile. Nous renvoyons à Béthune ce domestique de mon frère, à qui, je vous l'ai dit, nous pouvons nous fier; il prend un déguisement et se loge en face du couvent : si ce sont les émissaires du cardinal qui viennent, il ne bouge pas; si c'est M. d'Artagnan et ses amis, il les amène où nous sommes.

— Il les connaît donc?

— Sans doute, n'a-t-il pas vu M. d'Artagnan chez moi!

— Oh ! oui, oui, vous avez raison ; ainsi, tout va bien ; tout est pour le mieux ; mais ne nous éloignons pas d'ici.

— A sept ou huit lieues, tout au plus, nous nous tenons sur la frontière, par exemple, et à la première alerte nous sortons de France.

— Et d'ici là, que faire ?

— Attendre.

— Mais s'ils arrivent ?

— La voiture de mon frère arrivera avant eux.

— Si je suis loin de vous quand on viendra vous prendre; à dîner ou à souper, par exemple?

— Faites une chose.

— Laquelle?

— Dites à notre bonne supérieure que, pour nous quitter le moins possible, vous lui demandez la permission de partager mon repas.

— Le permettra-t-elle?

— Quel inconvénient y a-t-il à cela?

— Oh! très-bien! de cette façon nous ne nous quitterons pas un instant!

— Eh bien! descendez chez elle pour lui exposer votre demande; je me sens la tête lourde, je vais faire un tour de jardin.

— Allez, et où vous retrouverai-je?

— Ici, dans une heure.

— Ici, dans une heure; oh! vous êtes bonne et je vous remercie.

— Comment ne m'intéresserais-je pas à vous: quand vous ne seriez pas belle et charmante, n'êtes-vous pas l'amie d'un de mes meilleurs amis !

— Cher d'Artagnan, oh ! comme il vous remerciera !

— Je l'espère bien. Allons ! tout est convenu, descendons.

— Vous allez au jardin ?

— Oui.

— Suivez ce corridor, un petit escalier vous y conduit.

— A merveille ! merci.

Et les deux femmes se quittèrent en échangeant un charmant sourire.

Milady avait dit la vérité, elle avait la tête lourde; car ses projets mal classés s'y heurtaient encore comme un chaos. Elle avait besoin d'être seule pour mettre un peu d'ordre dans ses pensées. Elle voyait vaguement dans l'avenir; mais il lui fallait un peu de silence et de quiétude pour donner à toutes ses idées, encore confuses, une forme distincte, un plan arrêté.

Ce qu'il y avait de plus pressé, c'était d'enlever madame Bonacieux, de la mettre en lieu de sûreté, et là, le cas échéant, de s'en faire un otage. Milady commençait à redouter l'issue de ce duel terrible, où ses ennemis mettaient autant de persévérance qu'elle mettait, elle, d'acharnement.

D'ailleurs elle sentait, comme on sent venir un orage, que cette issue était proche, et ne pouvait manquer d'être terrible.

Le principal pour elle, comme nous l'avons dit, était donc de tenir madame Bonacieux entre ses mains. Madame Bonacieux, c'était la vie de d'Artagnan; c'était plus que sa vie, c'était celle de la femme qu'il aimait ; c'était, en cas de mauvaise fortune, un moyen de traiter et d'obtenir sûrement de bonnes conditions.

Or, ce point était arrêté : madame Bonacieux, sans défiance, la suivait ; une fois cachée avec elle à Armentières, il était facile de lui faire croire que d'Artagnan n'était pas venu à Béthune. Dans quinze jours au plus, Rochefort serait de retour ; pendant ces quinze jours, d'ailleurs, elle aviserait à ce qu'elle avait à faire pour se venger des quatre amis. Elle ne s'ennuierait pas, Dieu merci, car elle aurait le plus doux passe-temps que les événements pussent accorder à une femme de son

caractère : une bonne vengeance à perfectionner.

Tout en rêvant, elle jetait les yeux autour d'elle, et classait dans sa tête la topo-
graphie du jardin. Milady était comme un
bon général, qui prévoit tout ensemble la
victoire et la défaite, et qui est tout prêt,
selon les chances de la bataille, à marcher en avant ou à battre en retraite.

Au bout d'une heure, elle entendit une
douce voix qui l'appelait; c'était celle de
madame Bonacieux. La bonne abbesse
avait naturellement consenti à tout, et,

pour commencer, elles allaient souper ensemble.

En arrivant dans la cour, elles entendirent le bruit d'une voiture qui s'arrêtait à la porte.

Milady écouta.

— Entendez-vous? dit-elle.

— Oui, le roulement d'une voiture.

— C'est celle que mon frère nous envoie.

— Oh, mon Dieu !

— Voyons, du courage !

On sonna à la porte du couvent, milady ne s'était pas trompée.

— Montez dans votre chambre, dit-elle à madame Bonacieux, vous avez bien quelques bijoux que vous désirez emporter.

— J'ai ses lettres, dit-elle.

— Eh bien ! allez les chercher et venez me rejoindre chez moi, nous souperons à la hâte; peut-être voyagerons-nous une partie de la nuit, il faut prendre des forces.

— Grand Dieu ! dit madame Bonacieux

en mettant sa main sur sa poitrine, mon cœur m'étouffe, je ne puis marcher.

— Du courage, allons, du courage! pensez que dans un quart d'heure vous êtes sauvée, et songez que ce que vous allez faire, c'est pour lui que vous le faites.

— Oh, oui! tout, tout pour lui. Vous m'avez rendu mon courage par un seul mot; allez, je vous rejoins.

Milady monta vivement chez elle; elle y trouva le laquais de Rochefort, et lui donna ses instructions.

Il devait attendre à la porte; si par hasard les mousquetaires paraissaient, la voiture partait au galop, faisait le tour du couvent, et allait attendre milady à un petit village qui était situé de l'autre côté du bois. Dans ce cas, milady traversait le jardin et gagnait le village à pied; nous l'avons dit déjà, milady connaissait à merveille cette partie de la France.

Si les mousquetaires ne paraissaient pas, les choses allaient comme il était convenu : madame Bonacieux montait dans la voiture sous prétexte de lui dire adieu, et elle enlevait madame Bonacieux.

Madame Bonacieux entra, et pour lui ôter tout soupçon, si elle en avait, milady répéta devant elle au laquais toute la dernière partie de ses instructions.

Milady fit quelques questions sur la voiture, c'était une chaise attelée de trois chevaux, conduite par un postillon; le laquais de Rochefort devait la précéder en courrier.

C'était à tort que milady craignait que madame Bonacieux n'eût du soupçon : la pauvre jeune femme était trop pure pour soupçonner dans une autre femme une telle perfidie; d'ailleurs le nom de la comtesse de Winter, qu'elle avait entendu prononcer par l'abbesse, lui était parfaitement inconnu, et elle ignorait même qu'une femme eût eu une part si grande et si fatale aux malheurs de sa vie.

— Vous le voyez, dit milady lorsque le laquais fut sorti, tout est prêt. L'abbesse ne se doute de rien et croit qu'on me vient chercher de la part du cardinal. Cet homme va donner les derniers ordres : prenez la moindre chose, buvez un doigt de vin et partons.

— Oui, dit machinalement madame Bonacieux, oui, partons.

Milady lui fit signe de s'asseoir devant elle, lui versa un petit verre de vin d'Espagne et lui servit un blanc de poulet.

— Voyez, lui dit-elle, si tout ne nous seconde pas : voici la nuit qui vient ; au point du jour nous serons arrivées dans notre retraite, et nul ne pourra se douter où nous sommes. Voyons, du courage, prenez quelque chose.

Madame Bonacieux mangea machinalement quelques bouchées et trempa ses lèvres dans son verre.

— Allons donc, allons donc, dit milady portant le sien à ses lèvres, faites comme moi.

Mais au moment où elle l'approchait de sa bouche, sa main resta suspendue : elle venait d'entendre sur la route comme le roulement lointain d'un galop qui va s'approchant ; puis, presque en même temps, il lui sembla entendre des hennissements de chevaux.

Ce bruit la tira de sa joie comme un

bruit d'orage réveille au milieu d'un beau rêve; elle pâlit et courut à la fenêtre, tandis que madame Bonacieux, se levant toute tremblante, s'appuyait sur sa chaise pour ne point tomber.

— On ne voyait rien encore, seulement on entendait le galop qui allait toujours se rapprochant.

— Oh, mon Dieu! dit madame Bonacieux, qu'est-ce que ce bruit?

— Celui de nos amis ou de nos ennemis, dit milady avec son sang-froid terrible; restez où vous êtes, je vais vous le dire.

Madame Bonacieux demeura debout, muette, immobile et pâle comme une statue.

Le bruit devenait plus fort, les chevaux ne devaient pas être à plus de cent cinquante pas; si on ne les apercevait point encore, c'est que la route faisait un coude. Toutefois, le bruit devenait si distinct qu'on eût pu compter les chevaux par le bruit saccadé de leurs fers.

Milady regardait de toute la puissance

de son attention ; il faisait juste assez clair pour qu'elle pût reconnaître ceux qui venaient.

Tout à coup, au detour du chemin, elle vit reluire des chapeaux galonnés et flotter des plumes ; elle compta deux, puis cinq, puis huit cavaliers ; l'un d'eux précédait tous les autres de deux longueurs de cheval.

Milady poussa un rugissement étouffé. Dans celui qui tenait la tête elle reconnut d'Artagnan.

— Oh ! mon Dieu, mon Dieu ! s'écria madame Bonacieux, qu'y a-t-il donc ?

— C'est l'uniforme des gardes de M. le cardinal; pas un instant à perdre, s'écria milady. Fuyons, fuyons !

—Oui, oui, fuyons, répéta madame Bonacieux, mais sans pouvoir faire un pas, clouée qu'elle était à sa place par la terreur.

On entendit les cavaliers qui passaient sous la fenêtre.

—Venez donc ! mais venez donc ! s'écriait milady en essayant de traîner la jeune femme par le bras. Grâce au jardin, nous pouvons fuir encore, j'ai la clef; mais hâtons-nous, dans cinq minutes il sera trop tard.

Madame Bonacieux essaya de marcher, fit deux pas et tomba sur ses genoux.

Milady essaya de la soulever et de l'emporter, mais elle ne put en venir à bout.

En ce moment on entendit le roulement de la voiture, qui à la vue des mousquetaires partait au galop. Puis, trois ou quatre coups de feu retentirent.

—Une dernière fois, voulez-vous venir? s'écria milady.

— Oh! mon Dieu, mon Dieu! vous voyez bien que les forces me manquent; vous voyez bien que je ne puis marcher: fuyez seule.

— Fuir seule! vous laisser ici! non, non, jamais, s'écria milady.

Tout à coup elle resta debout, un éclair livide jaillit de ses yeux; elle courut à la table, versa dans le verre de madame Bonacieux le contenu d'un chaton de bague qu'elle ouvrit avec une promptitude singulière.

C'était un grain rougeâtre qui se fondit aussitôt.

Puis, prenant le verre d'une main ferme,

— Buvez, dit-elle, ce vin vous donnera des forces, buvez.

Et elle approcha le verre des lèvres de la jeune femme, qui but machinalement.

— Ah ! ce n'est pas ainsi que je voulais me venger, dit milady en reposant, avec un sourire infernal, le verre sur la table, mais, ma foi ! on fait ce qu'on peut.

Et elle s'élança hors de l'appartement.

Madame Bonacieux la regarda fuir, sans pouvoir la suivre; elle était comme ces gens qui rêvent qu'on les poursuit et qui essaient vainement de marcher.

Quelques minutes se passèrent, un bruit affreux retentissait à la porte; à chaque instant madame Bonacieux s'attendait à voir reparaître milady, qui ne reparaissait pas.

Plusieurs fois, de terreur sans doute, la sueur monta froide à son front brûlant.

Enfin elle entendit le grincement des

grilles qu'on ouvrait, le bruit des bottes et des éperons retentit par les escaliers; il se faisait un grand murmure de voix qui allaient se rapprochant, et au milieu desquelles il lui semblait entendre prononcer son nom.

Tout à coup elle jeta un grand cri de joie et s'élança vers la porte, elle avait reconnu la voix de d'Artagnan.

— D'Artagnan, d'Artagnan ! s'écria-t-elle, est-ce vous ? Par ici, par ici.

— Constance, Constance ! répondit le jeune homme, où êtes-vous ? mon Dieu !

18.

Au même moment, la porte de la cellule céda au choc plutôt qu'elle ne s'ouvrit, plusieurs hommes se précipitèrent dans la chambre ; madame Bonacieux était tombée dans un fauteuil sans pouvoir faire un mouvement.

D'Artagnan jeta un pistolet encore fumant qu'il tenait à la main, et tomba à genoux devant sa maîtressse ; Athos repassa le sien à sa ceinture ; Porthos et Aramis, qui tenaient leurs épées nues, les remirent au fourreau.

— Oh, d'Artagnan ! mon bien-aimé

d'Artagnan ! tu viens donc enfin, tu ne m'avais pas trompée, c'est bien toi !

— Oui, oui, Constance ! réunis !

— Oh ! *elle* avait beau dire que tu ne viendrais pas, j'espérais sourdement ; je n'ai pas voulu fuir : oh ! comme j'ai bien fait, comme je suis heureuse !

A ce mot *elle*, Athos, qui s'était assis tranquillement, se leva tout à coup.

— *Elle*, qui *elle* ? demanda d'Artagnan.

— Mais ma compagne, celle qui, par

amitié pour moi, voulait me soustraire à
mes persécuteurs; celle qui, vous prenant
pour des gardes du cardinal, vient de s'en-
fuir.

— Votre compagne ! s'écria d'Artagnan devenant plus pâle que le voile blanc
de sa maîtresse, de quelle compagne voulez-vous donc parler ?

— De celle dont la voiture était à la
porte; d'une femme qui se dit votre amie,
d'Artagnan; d'une femme à qui vous avez
tout raconté.

— Son nom, son nom ! s'écria d'Artagnan ; mon Dieu ! ne savez-vous donc pas son nom ?

— Si fait, on l'a prononcé devant moi ; attendez... mais c'est étrange... oh, mon Dieu ! ma tête se trouble, je n'y vois plus.

— A moi, mes amis, à moi ! ses mains sont glacées, s'écria d'Artagnan, elle se trouve mal ; grand Dieu ! elle perd connaissance !

Tandis que Porthos appelait au secours de toute la puissance de sa voix, Aramis courut à la table pour prendre un verre d'eau ; mais il s'arrêta en voyant l'horrible altération du visage d'Athos, qui, debout devant la table, les cheveux hérissés, les cheveux glacés de stupeur, regardait l'un des verres et semblait en proie au doute le plus horrible.

— Oh ! disait Athos, oh, non ! c'est impossible ! Dieu ne permettra pas un pareil crime.

— De l'eau, de l'eau, criait d'Artagnan, de l'eau !

— O pauvre femme, pauvre femme ! murmurait Athos d'une voix brisée.

Madame Bonacieux rouvrit les yeux sous les baisers de d'Artagnan.

—Elle revient à elle! s'écria le jeune homme; oh, mon Dieu, mon Dieu! je te remercie!

— Madame, dit Athos, madame, au nom du ciel! à qui ce verre vide?

—A moi, monsieur... répondit la jeune femme d'une voix mourante.

— Mais qui vous a versé le vin qui était dans ce verre?

— *Elle.*

— Mais, qui donc *elle ?*

— Ah ! je me souviens, dit madame Bonacieux, la comtesse de Winter...

Les quatre amis poussèrent un seul et même cri, mais celui d'Athos dominait tous les autres.

En ce moment, le visage de madame Bonacieux devint livide, une douleur sourde la terrassa, elle tomba haletante dans les bras de Porthos et d'Aramis.

D'Artagnan saisit les mains d'Athos avec une angoisse impossible à décrire.

— Eh quoi ! dit-il, tu crois... sa voix s'éteignit dans un sanglot.

— Je crois tout, dit Athos en se mordant les lèvres jusqu'au sang pour ne pas soupirer.

— D'Artagnan, d'Artagnan ! s'écria madame Bonacieux, où es-tu ? ne me quitte pas, tu vois bien que je vais mourir.

D'Artagnan lâcha les mains d'Athos, qu'il tenait encore entre ses mains crispées, et courut à elle.

Son visage si beau était tout bouleversé,

ses yeux vitreux n'avaient déjà plus de regard, un tremblement convulsif agitait son corps, la sueur coulait sur son front.

— Au nom du ciel ! courez, appelez ; Porthos, Aramis, demandez du secours !

— Inutile, dit Athos, inutile, au poison qu'elle verse il n'y a pas de contrepoison.

— Oui, oui, du secours, du secours ! murmura madame Bonacieux, du secours !

Puis, rassemblant toutes ses forces, elle

prit la tête du jeune homme entre ses deux mains, le regarda un instant comme si toute son âme était passée dans son regard, et, avec un cri sanglotant, elle appuya ses lèvres sur les siennes.

— Constance ! Constance ! s'écria d'Artagnan.

Un soupir s'échappa de la bouche de madame Bonacieux, effleurant celle de d'Artagnan ; ce soupir, c'était cette âme si chaste et si aimante qui remontait au ciel.

D'Artagnan ne serrait plus qu'un cadavre entre ses bras.

Le jeune homme poussa un cri et tomba près de sa maîtresse, aussi pâle et aussi glacé qu'elle.

Porthos pleura, Aramis montra le poing au ciel, Athos fit le signe de la croix.

En ce moment un homme parut sur la porte, presque aussi pâle que ceux qui étaient dans la chambre, et regarda tout autour de lui, vit madame Bonacieux morte et d'Artagnan évanoui.

Il apparaissait juste à cet instant de stupeur qui suit les grandes catastrophes.

— Je ne m'étais pas trompé, dit-il, voilà
M. d'Artagnan, et vous êtes ses trois amis,
messieurs Athos, Porthos et Aramis.

Ceux dont les noms venaient d'être pro-
noncés regardaient l'étranger avec étonnement, il leur semblait à tous trois le reconnaître.

— Messieurs, reprit le nouveau venu,
vous êtes, comme moi, à la recherche d'une
femme qui, ajouta-t-il avec un sourire
terrible, a dû passer par ici, car j'y vois
un cadavre !

Les trois amis restèrent muets ; seulement la voix comme le visage leur rappelaient un homme qu'ils avaient déjà vu, cependant ils ne pouvaient se souvenir dans quelles circonstances.

— Messieurs, continua l'étranger, puisque vous ne voulez pas reconnaître un homme qui probablement vous doit la vie deux fois, il faut bien que je me nomme: je suis lord de Winter, le beau-frère de cette femme.

Les trois amis jetèrent un cri de surprise.

Athos se leva et lui tendit la main.

— Soyez le bienvenu, milord, dit-il, vous êtes des nôtres.

— Je suis parti cinq heures après elle de Portsmouth, dit lord de Winter, je suis arrivé trois heures après elle à Boulogne, je l'ai manquée de vingt minutes à Saint-Omer; enfin, à Lilliers j'ai perdu sa trace. J'allais au hasard, m'informant à tout le monde, quand je vous ai vus passer au galop; j'ai reconnu M. d'Artagnan. Je vous ai appelés, vous ne m'avez pas répondu; j'ai voulu vous suivre, mais mon cheval était trop fatigué pour aller du même train que les vôtres. Et cependant il paraît que, malgré la diligence que vous avez faite, vous êtes encore arrivés trop tard!

— Vous voyez, dit Athos en montrant à lord de Winter madame Bonacieux morte et d'Artagnan que Porthos et Aramis essayaient de rappeler à la vie.

— Sont-ils donc morts tous deux? demanda froidement lord de Winter.

— Non, heureusement, répondit Athos, M. d'Artagnan n'est qu'évanoui.

— Ah, tant mieux! dit lord de Winter.

En effet, en ce moment même d'Artagnan rouvrit les yeux.

Il s'arracha des bras de Porthos et d'A-
ramis et se jeta comme un insensé sur le
corps de sa maîtresse.

Athos se leva, marcha vers son ami
d'un pas lent et solennel, l'embrassa ten-
drement, et comme il éclatait en sanglots
il lui dit de sa voix si noble et si persua-
sive:

— Ami, sois homme : les femmes pleu-
rent les morts, les hommes les vengent!

19.

— Oh! oui, dit d'Artagnan, oui! si c'est pour la venger, je suis prêt à te suivre!

Athos profita de ce moment de force que l'espoir de la vengeance rendait à son malheureux ami pour faire signe à Porthos et à Aramis d'aller chercher la supérieure.

Les deux amis la rencontrèrent dans le corridor encore toute troublée et tout éperdue de tant d'événements ; elle appela quelques religieuses, qui, contre toutes les habitudes monastiques, se trouvèrent en présence de cinq hommes.

— Madame, dit Athos en passant le bras de d'Artagnan sous le sien, nous abandonnons à vos soins pieux le corps de cette malheureuse femme. Ce fut un ange sur la terre avant d'être un ange au ciel. Traitez-la comme une de vos sœurs; nous reviendrons un jour prier sur sa tombe.

D'Artagnan cacha sa figure dans la poitrine d'Athos et éclata en sanglots.

— Pleure, dit Athos, pleure, cœur plein d'amour, de jeunesse et de vie! Hélas! je voudrais bien pouvoir pleurer comme toi!

Et il entraîna son ami, affectueux comme un père, consolant comme un prêtre, grand comme l'homme qui a beaucoup souffert.

Tous cinq, suivis de leurs valets, tenant leurs chevaux par la bride, s'avancèrent alors vers la ville de Béthune, dont on apercevait le faubourg et ils s'arrêtèrent devant la première auberge qu'ils rencontrèrent.

— Mais, dit d'Artagnan, ne poursuivons-nous pas cette femme?

— Plus tard, dit Athos, j'ai des mesures à prendre.

— Elle nous échappera, reprit le jeune homme, elle nous échappera, Athos, et ce sera ta faute.

— Je réponds d'elle, dit Athos.

D'Artagnan avait une telle confiance dans la parole de son ami qu'il baissa la tête et entra dans l'auberge sans rien répondre.

Porthos et Aramis se regardaient, ne comprenant rien à l'assurance d'Athos.

Lord de Winter croyait qu'il parlait ainsi pour engourdir la douleur de d'Artagnan.

— Maintenant, messieurs, dit Athos lorsqu'il se fut assuré qu'il y avait cinq chambres de libres dans l'hôtel, retirons-nous chacun chez nous; d'Artagnan a besoin d'être seul pour pleurer, et vous pour dormir. Je me charge de tout, soyez tranquilles.

— Il me semble cependant, dit lord de Winter, que s'il y a quelque mesure à prendre contre la comtesse, cela me regarde : c'est ma belle-sœur.

— Et moi, dit Athos, c'est ma femme.

D'Artagnan sourit, car il comprit qu'Athos était sûr de sa vengeance puisqu'il révélait un pareil secret; Porthos et Aramis se regardèrent en pâlissant. Lord de Winter pensa qu'Athos était fou.

—Retirez-vous donc chacun chez vous, dit Athos, et laissez-moi faire. Vous voyez bien qu'en qualité de mari cela me regarde. Seulement, d'Artagnan, si vous ne l'avez pas perdu, remettez-moi ce papier, qui s'est échappé du chapeau de cet homme et sur lequel est écrit le nom du village.....

— Ah! dit d'Artagnan, je comprends, ce nom écrit de sa main.....

— Tu vois bien, dit Athos, qu'il y a un Dieu dans le ciel!

FIN DU SEPTIÈME VOLUME.

TABLE DES CHAPITRES.

[illegible]

[illegible]
[illegible]
[illegible]
[illegible]
[illegible]
[illegible]
[illegible]
[illegible]
[illegible]
[illegible]

LES TROIS

MOUSQUETAIRES.

PARIS. IMPRIMÉ PAR BÉTHUNE ET PLON,

RUE DE VAUGIRARD, 36.

LES TROIS MOUSQUETAIRES.

PAR

ALEXANDRE DUMAS.

VIII.

PARIS.

BAUDRY, LIBRAIRE-ÉDITEUR,

34, RUE COQUILLIÈRE;

ET RUE DE LA CHAUSSÉE-D'ANTIN, 22.

M DCCC XLIV.

LES TROIS
MOUSQUETAIRES.

CHAPITRE PREMIER.

L'HOMME AU MANTEAU ROUGE.

Le désespoir d'Athos avait fait place à
une douleur concentrée, qui rendait plus
lucides encore les brillantes facultés d'esprit de cet homme.

VIII.

Tout entier à une seule pensée, celle de la promesse qu'il avait faite et de la responsabilité qu'il avait prise, il se retira le dernier dans sa chambre, pria l'hôte de lui procurer une carte de la province, se courba dessus, interrogea les lignes tracées, reconnut que quatre chemins différents se rendaient de Béthune à Armentières, et fit appeler les valets.

Planchet, Grimaud, Mousqueton et Bazin se présentèrent et reçurent les ordres clairs, ponctuels et graves d'Athos.

Ils devaient partir au point du jour, le lendemain, et se rendre à Armen-

tières, chacun par une route différente :
Planchet, le plus intelligent des quatre,
devait suivre celle par laquelle avait disparu la voiture sur laquelle les trois amis
avaient tiré, et qui était accompagnée, on
se le rappelle, du domestique de Rochefort.

Athos mettait les valets en campagne
d'abord, parce que, depuis que ces hommes
étaient à son service et à celui de ses amis,
il avait reconnu en chacun d'eux des qua-
lités différentes et essentielles.

Puis, des valets qui interrogent inspirent aux passants moins de défiance que

leurs maîtres, et trouvent plus de sympathie chez ceux auxquels ils s'adressent.

Enfin, milady connaissait les maîtres
tandis qu'elle ne connaissait pas les valets;
au contraire, les valets connaissaient parfaitement milady.

Tous quatre devaient se trouver réunis le lendemain, à onze heures; s'ils avaient
découvert la retraite de milady, trois
resteraient à la garder, le quatrième re-
viendrait à Béthune pour prévenir Athos,
et servir de guide aux trois amis.

Ces dispositions prises, les valets se retirèrent à leur tour.

Athos alors se leva de sa chaise, ceignit son épée, s'enveloppa dans son manteau et sortit de l'hôtel; il était dix heures à peu près. A dix heures du soir, on le sait, en province les rues sont peu fréquentées. Athos cependant cherchait visiblement quelqu'un à qui il pût adresser une question. Enfin il rencontra un passant attardé, s'approcha de lui, lui dit quelques paroles; l'homme auquel il s'adressait recula avec terreur, cependant il répondit aux paroles du mousquetaire par une indication. Athos offrit à cet homme une demi-pistole pour l'accompagner, mais l'homme refusa.

Athos s'enfonça dans la rue que l'indicateur avait désignée du doigt; mais, arrivé à un carrefour, il s'arrêta de nouveau, visiblement embarrassé. Cependant, comme, plus qu'aucun autre lieu, le carrefour lui offrait la chance de rencontrer quelqu'un, il s'y arrêta. En effet, au bout d'un instant un veilleur de nuit passa. Athos lui répéta la même question qu'il avait déjà faite à la première personne qu'il avait rencontrée, le veilleur de nuit laissa apercevoir la même terreur, refusa à son tour d'accompagner

Athos, et lui montra de la main le chemin qu'il devait suivre.

Athos marcha dans la direction indiquée et atteignit le faubourg, situé à l'extrémité de la ville opposée à celle par laquelle lui et ses compagnons étaient entrés. Là il parut de nouveau inquiet et embarrassé, et s'arrêta pour la troisième fois.

Heureusement un mendiant passa, qui s'approcha d'Athos pour lui demander l'aumône. Athos lui proposa un écu pour l'accompagner où il allait. Le mendiant hésita un instant, mais à la vue de la pièce d'argent qui brillait dans l'obscurité il se décida et marcha devant Athos.

Arrivé à l'angle d'une rue, il lui montra de loin une petite maison isolée, solitaire, triste; Athos s'en approcha tandis que le mendiant, qui avait reçu son salaire, s'en éloignait à toutes jambes.

Athos en fit le tour avant de distinguer la porte au milieu de la couleur rougeâtre dont cette maison était peinte; aucune lumière ne paraissait à travers les gerçures des contrevents, aucun bruit ne pouvait faire supposer qu'elle fût habitée, elle était sombre et muette comme un tombeau.

Trois fois Athos frappa sans qu'on lui répondit. Au troisième coup cependant, des pas intérieurs se rapprochèrent; enfin la porte s'entre-bâilla, et un homme de haute taille, au teint pâle, aux cheveux et à la barbe noire, parut.

Athos et lui échangèrent quelques mots à voix basse, puis l'homme à la haute taille fit signe au mousquetaire qu'il pouvait entrer. Athos profita à l'instant même de la permission, et la porte se referma derrière lui.

L'homme qu'Athos était venu chercher si loin et qu'il avait trouvé avec tant de peine le fit alors entrer dans son laboratoire, où il était occupé à retenir avec des fils de fer les os cliquetants d'un squelette. Tout le corps était déjà rajusté : la tête seule était posée sur une table.

Tout le reste de l'ameublement indiquait que celui chez lequel on se trouvait s'occupait de sciences naturelles ; il y avait des bocaux pleins de serpents, étiquetés selon les espèces ; des lézards desséchés reluisaient comme des émeraudes taillées dans de grands cadres de bois noir ; enfin, des bottes d'herbes sauvages, odoriférantes et sans doute douées de vertus inconnues au vulgaire des hommes, étaient attachées au plafond et descendaient dans les angles de l'appartement.

Du reste, pas de famille, pas de serviteurs ; l'homme à la haute taille habitait seul cette maison.

Athos jeta un coup d'œil froid et indifférent sur tous les objets que nous venons de décrire, et sur l'invitation de celui qu'il venait chercher il s'assit près de lui.

Alors il lui expliqua la cause de sa visite et le service qu'il réclamait de lui ; mais à peine eut-il exposé sa demande que l'inconnu, qui était resté debout devant le mousquetaire, recula de terreur et refusa. Alors Athos tira de sa poche un petit papier, sur lequel étaient écrites deux lignes accompagnées d'une signature et d'un sceau, et les présenta à celui qui donnait trop prématurément ces signes de répugnance. L'homme à la grande taille eut à peine lu ces deux lignes, vu la signature et reconnu le sceau, qu'il s'inclina en signe qu'il n'avait plus aucune objection à faire, et qu'il était prêt à obéir.

Athos n'en demanda point davantage ;

il se leva, salua, sortit, reprit en s'en allant
le chemin qu'il avait suivi pour venir,
rentra dans l'hôtel et s'enferma chez lui.

Au point du jour, d'Artagnan entra
dans sa chambre et lui demanda ce qu'il
fallait faire.

—Attendre, répondit Athos.

Quelques instants après, la supérieure
du couvent fit prévenir les mousquetaires
que l'enterrement aurait lieu à midi.
Quant à l'empoisonneuse, on n'en avait
pas eu de nouvelles ; seulement elle avait

dû fuir par le jardin, sur le sable duquel on avait reconnu la trace de ses pas et dont on avait retrouvé la porte fermée : quant à la clef, elle avait disparu.

A l'heure indiquée, lord de Winter et les quatre amis se rendirent au couvent : les cloches sonnaient à toute volée la chapelle était ouverte, seulement la grille du chœur était fermée. Au milieu du chœur, le corps de la victime, revêtue de ses habits de novice, était exposé. De chaque côté du chœur et derrière des grilles s'ouvrant sur le couvent était toute la communauté des carmélites, qui écoutait de là le service divin et mêlait son chant au chant des prêtres, sans voir les profanes et sans être vue d'eux.

A la porte de la chapelle, d'Artagnan sentit son courage qui fuyait de nouveau ; il se retourna pour chercher Athos, mais Athos avait disparu.

Fidèle à sa mission de vengeance, Athos s'était fait conduire au jardin ; et là sur le sable, suivant les pas légers de cette femme qui avait laissé une trace sanglante partout où elle avait passé, il s'avança jusqu'à la porte qui donnait sur le bois, se la fit ouvrir, et s'enfonça dans la forêt.

Alors tous ses doutes se confirmèrent : le chemin par lequel la voiture avait disparu contournait la forêt. Athos suivit le chemin quelque temps, les yeux fixés sur le sol ; de légères taches de sang, qui provenaient d'une blessure faite ou à l'homme qui accompagnait la voiture en courrier, ou à l'un des chevaux, piquetaient le chemin. Au bout de trois quarts de lieue à peu près, à cinquante pas de Festubert, une tache de sang plus large apparaissait ; le sol était piétiné par les chevaux. Entre la forêt et cet endroit dénonciateur, un peu en arrière de la terre écorchée, on retrouvait la même trace de petits pas que dans le jardin ; la voiture s'était arrêtée.

En cet endroit milady était sortie du bois et était montée dans la voiture.

Satisfait de cette découverte qui confirmait tous ses soupçons, Athos revint à l'hôtel et trouva Planchet qui l'attendait avec impatience.

Tout était comme l'avait prévu Athos.

Planchet avait suivi la route, avait comme Athos remarqué les taches de sang, comme Athos il avait reconnu l'endroit où les chevaux s'étaient arrêtés; mais il avait poussé plus loin qu'Athos, de sorte

qu'au village de Festubert, en buvant dans
une auberge, il avait, sans avoir eu besoin
de questionner, appris que la veille, à huit
heures et demie du soir, un homme blessé,
qui accompagnait une dame qui voya-
geait dans une chaise de poste, avait été
obligé de s'arrêter, ne pouvant aller plus
loin. L'accident avait été mis sur le
compte de voleurs qui auraient arrêté la
chaise dans le bois. L'homme était resté
dans le village, la femme avait relayé et
continué son chemin.

Planchet se mit en quête du postillon
qui avait conduit la chaise, et le retrouva. Il avait conduit la dame jusqu'à

Fromelles, et de Fromelles elle était partie pour Armentières. Planchet prit la traverse, et à sept heures du matin il était à Armentières.

Il n'y avait qu'un hôtel, celui de la Poste. Planchet alla se présenter comme un laquais sans place qui cherchait une condition. Il n'avait pas causé dix minutes avec les gens de l'auberge, qu'il savait qu'une femme seule était arrivée à onze heures du soir, avait pris une chambre, avait fait venir le maître de l'hôtel et lui avait dit qu'elle désirait demeurer quelque temps dans les environs.

Planchet n'avait pas besoin d'en savoir davantage. Il courut au rendez-vous, trouva les trois laquais exacts à leur poste, les plaça en sentinelles à toutes les issues de l'hôtel, et revint trouver Athos, qui achevait de recevoir les renseignements de Planchet, lorsque ses amis rentrèrent.

Tous les visages étaient sombres et crispés, même le doux visage d'Aramis.

— Que faut-il faire? demanda d'Artagnan.

— Attendre, répondit Athos.

Chacun se retira chez soi.

A huit heures du soir, Athos donna
l'ordre de seller les chevaux, et fit prévenir lord de Winter et ses amis qu'ils
eussent à se préparer pour l'expédition.

En un instant tous cinq furent prêts.
Chacun visita ses armes et les mit en état.
Athos descendit le dernier et trouva d'Ar-
tagnan déjà à cheval et s'impatientant.

— Patience, dit Athos, il nous manque
encore quelqu'un.

Les quatre cavaliers regardèrent autour d'eux avec étonnement, car ils cher-
chaient inutilement dans leur esprit quel

était ce quelqu'un qui pouvait leur manquer.

En ce moment Planchet amena le cheval d'Athos. Le mousquetaire sauta légèrement en selle.

— Attendez-moi, dit-il, je reviens.

Et il partit au galop.

Un quart d'heure après, il revint effectivement accompagné d'un homme masqué et enveloppé d'un grand manteau rouge.

Lord de Winter et les trois mousquetaires s'interrogeaient du regard. Nul d'entre eux ne put renseigner les autres, car tous ignoraient ce qu'était cet homme. Cependant ils pensèrent que cela devait être ainsi, puisque la chose se faisait par l'ordre d'Athos.

A neuf heures, guidée par Planchet, la petite cavalcade se mit en route, prenant le chemin qu'avait suivi la voiture.

C'était un triste aspect que celui de ces six hommes courant en silence, plongés chacun dans sa pensée, mornes comme le désespoir, sombres comme le châtiment.

CHAPITRE II.

JUGEMENT.

C'était une nuit orageuse et sombre, de gros nuages couraient au ciel, voilant la clarté des étoiles; la lune ne devait se lever qu'à minuit.

Parfois, à la lueur d'un éclair qui brillait à l'horizon, on apercevait la route qui se déroulait blanche et solitaire; puis. l'éclair éteint, tout rentrait dans l'obscurité.

A chaque instant, Athos rappelait d'Artagnan, toujours à la tête de la petite troupe, et le forçait de reprendre son rang qu'au bout d'un instant il abandonnait de nouveau; il n'avait qu'une pensée, c'était d'aller en avant, et il allait.

On traversa en silence le village de Festubert, où était resté le domestique blessé,

puis on longea le bois de Richebourg ;
arrivés à Herlier, Planchet, qui dirigeait
toujours la colonne, prit à gauche.

Plusieurs fois, soit lord de Winter, soit
Porthos, soit Aramis, avaient essayé d'a-
dresser la parole à l'homme au manteau
rouge ; mais à chaque interrogation qui
lui avait été faite, il s'était incliné sans
répondre. Les voyageurs avaient alors
compris qu'il y avait quelque raison pour
que l'inconnu gardât le silence, et ils
avaient cessé de lui adresser la parole.

D'ailleurs, l'orage grossissait, les éclairs

se succédaient rapidement, le tonnerre commençait à gronder, et le vent, précurseur de l'ouragan, sifflait dans les plumes et dans les cheveux des cavaliers.

La cavalcade prit le grand trot.

Un peu au delà de Fromelles, l'orage éclata; on déploya les manteaux; il restait encore trois lieues à faire : on les fit sous des torrents de pluie.

D'Artagnan avait ôté son feutre et n'avait pas mis son manteau; il trouvait plaisir à laisser ruisseler l'eau sur son front brûlant, et sur son corps agité de frissons fiévreux.

Au moment où la petite troupe avait dépassé Goskal et allait arriver à la poste, un homme, abrité sous un arbre, se détacha du tronc avec lequel il était resté confondu dans l'obscurité, et s'avança jusqu'au milieu de la route, mettant son doigt sur ses lèvres.

Athos reconnut Grimaud.

— Qu'y a-t-il donc, s'écria d'Artagnan, aurait-elle quitté Armentières ?

Grimaud fit de sa tête un signe affir-
matif. D'Artagnan grinça des dents.

— Silence, d'Artagnan ! dit Athos, c'est
moi qui me suis chargé de tout, c'est donc
à moi d'interroger Grimaud.

— Où est-elle ? demanda Athos.

Grimaud étendit les mains dans la direction de la Lys.

— Loin d'ici ? demanda Athos.

Grimaud présenta à son maître son in-
dex plié.

— Seule ? demanda Athos.

Grimaud fit signe que oui.

— Messieurs, dit Athos, elle est seule à une demi-lieue d'ici, dans la direction de la rivière.

— C'est bien, dit d'Artagnan; conduis-nous, Grimaud.

Grimaud prit à travers terres, et servit de guide à la cavalcade.

Au bout de cinq cents pas à peu près, on trouva un ruisseau que l'on traversa à gué.

A la lueur d'un éclair, on aperçut le village d'Enguinghem.

— Est-ce cela ? demanda d'Artagnan.

Grimaud secoua la tête en signe de négation.

— Silence donc ! dit Athos.

Et la troupe continua son chemin.

Un autre éclair brilla ; Grimaud étendit le bras, et à la lueur bleuâtre du serpent de feu on distingua une petite maison isolée, au bord de la rivière, à cent pas d'un bac.

Une fenêtre était éclairée.

— Nous y sommes, dit Athos.

En ce moment, un homme couché dans un fossé se leva, c'était Mousqueton ; il montra du doigt la fenêtre éclairée.

— Elle est là, dit-il.

— Et Bazin ? demanda Athos.

— Tandis que je gardais la fenêtre, il gardait la porte.

— Bien, dit Athos, vous êtes tous de fidèles serviteurs.

VIII.   3

Athos sauta à bas de son cheval, dont il remit la bride aux mains de Grimaud, et s'avança vers la fenêtre après avoir fait signe au reste de la troupe de tourner du côté de la porte.

La petite maison était entourée d'une haie vive, de deux ou trois pieds de haut ; Athos franchit la haie, parvint jusqu'à la fenêtre privée de contrevents, mais dont les demi-rideaux étaient exactement tirés.

Il monta sur le rebord de pierre, afin que son œil pût dépasser la hauteur des rideaux.

A la lueur d'une lampe, il vit une femme enveloppée d'une mante de couleur sombre, assise sur un escabeau, près d'un feu mourant; ses coudes étaient posés sur une mauvaise table, et elle appuyait sa tête dans ses deux mains blanches comme de l'ivoire.

On ne pouvait distinguer son visage, mais un sourire sinistre passa sur les lèvres d'Athos; il n'y avait pas à s'y tromper, c'était bien celle qu'il cherchait.

En ce moment un cheval hennit; milady releva la tête, vit, collé à la vitre, le visage pâle d'Athos, et poussa un cri.

3.

Athos comprit qu'il était reconnu, poussa la fenêtre du genou et de la main, la fenêtre céda, les carreaux se rompirent..

Et Athos, pareil au spectre de la vengeance, sauta dans la chambre.

Milady courut à la porte et l'ouvrit; plus pâle et plus menaçant encore qu'Athos, d'Artagnan était sur le seuil.

Milady recula en poussant un cri. D'Artagnan, croyant qu'elle avait quelque moyen de fuir et craignant qu'elle ne leur échappât, tira un pistolet de sa ceinture; mais Athos leva la main.

— Remettez cette arme à sa place, d'Artagnan, dit-il, il importe que cette femme soit jugée et non assassinée. Attends encore un instant, d'Artagnan, et tu seras satisfait. Entrez, messieurs.

D'Artagnan obéit, car Athos avait la voix solennelle et le geste puissant d'un juge envoyé par le Seigneur lui-même. Aussi, derrière d'Artagnan, entrèrent Porthos, Aramis, lord de Winter et l'homme au manteau rouge.

Les quatre valets gardaient la porte et la fenêtre.

Milady était tombée sur sa chaise, les mains étendues, comme pour conjurer cette terrible apparition; en apercevant son beau-frère, elle jeta un cri terrible.

— Que demandez-vous? s'écria milady.

— Nous demandons, dit Athos, Charlotte Backson, qui s'est appelée d'abord la comtesse de La Fère, puis ensuite lady de Winter, baronne de Sheffield.

— C'est moi, c'est moi! murmura-t-elle au comble de la terreur, que me voulez-vous?

— Nous voulons vous juger selon vos crimes, dit Athos, vous serez libre de vous défendre; justifiez-vous si vous pouvez. Monsieur d'Artagnan, à vous d'accuser le premier.

D'Artagnan s'avança.

— Devant Dieu et devant les hommes, dit-il, j'accuse cette femme d'avoir empoisonné Clémence Bonacieux, morte hier soir.

Il se retourna vers Porthos et vers Aramis.

— Nous attestons, dirent d'un seul mouvement les deux mousquetaires.

D'Artagnan continua.

— Devant Dieu et devant les hommes, j'accuse cette femme d'avoir voulu m'empoisonner moi-même dans du vin qu'elle m'avait envoyé de Villeroi, avec une fausse lettre, comme si le vin venait de mes amis; Dieu m'a sauvé; mais un homme est mort à ma place, qui s'appelait Brisemont.

— Nous attestons, dirent de la même voix Porthos et Aramis.

— Devant Dieu et devant les hommes, j'accuse cette femme de m'avoir poussé au meurtre du baron de Wardes; et, comme personne n'est là pour attester la vérité de cette accusation, je l'atteste, moi.

— J'ai dit.

Et d'Artagnan passa de l'autre côté de la chambre avec Porthos et Aramis.

— A vous, milord? dit Athos.

Le baron s'approcha à son tour.

— Devant Dieu et devant les hommes,

dit-il, j'accuse cette femme d'avoir fait assassiner le duc de Buckingham.

— Le duc de Buckingham assassiné! s'écrièrent d'un seul cri tous les assistants.

— Oui, dit le baron, assassiné! Sur la lettre d'avis que vous m'aviez écrite, j'avais fait arrêter cette femme et je l'avais donnée en garde à un loyal serviteur; elle a corrompu cet homme, elle lui a mis le poignard dans la main, elle lui a fait tuer le duc, et dans ce moment peut-être Felton paye de sa tête le crime de cette furie.

Un frémissement courut parmi les juges,
à la révélation de ces crimes encore inconnus.

— Ce n'est pas le tout, reprit lord de
Winter : mon frère, qui vous avait faite son
héritière, est mort en trois heures d'une
étrange maladie qui laisse des taches li-
vides par tout le corps. Ma sœur, comment votre mari est-il mort ?

— Horreur ! s'écrièrent Porthos et Aramis..

— Assassin de Buckingham, assassin de
Felton, assassin de mon frère, je demande

justice contre vous, et déclare que si on ne me la fait pas, je me la ferai.

Et lord de Winter alla se ranger près de d'Artagnan, laissant la place libre à un autre accusateur.

Milady laissa tomber son front dans ses deux mains et essaya de rappeler ses idées confondues par un vertige mortel.

— A mon tour, dit Athos tremblant lui-même comme le lion tremble à l'aspect d'un serpent, à mon tour. J'épousai cette femme quand elle était jeune fille,

je l'épousai malgré toute ma famille; je lui
donnai mon bien, je lui donnai mon nom;
et un jour je m'aperçus que cette femme
était flétrie; cette femme était marquée
d'une fleur de lis sur l'épaule gauche.

— Oh ! dit milady en se levant, je défie
de retrouver le tribunal qui a prononcé
sur moi cette sentence infâme. Je défie de
retrouver celui qui l'a exécutée.

— Silence, dit une voix. A ceci, c'est à
moi de répondre ! et l'homme au manteau
rouge s'approcha à son tour.

— Quel est cet homme, quel est cet

homme? s'écria milady suffoquée par la terreur et dont les cheveux se dénouèrent et se dressèrent sur sa tête livide comme s'ils eussent été vivants.

Tous les yeux se tournèrent sur cet homme, car à tous, excepté à Athos, il était inconnu.

Encore Athos le regardait-il avec autant de stupéfaction que les autres, car il ignorait comment il pouvait se trouver mêlé en quelque chose à l'horrible drame qui se dénouait en ce moment.

Après s'être approché de milady, d'un

pas lent et solennel, de manière que la table seule le séparât d'elle, l'inconnu ôta son masque.

Milady regarda quelque temps avec une terreur croissante ce visage pâle encadré de cheveux et de favoris noirs dont la seule expression était une impassibilité glacée; puis tout à coup:

— Oh! non, non, dit-elle en se levant et en reculant jusqu'au mur; non, non, c'est une apparition infernale! ce n'est pas lui! A moi! à moi! s'écria-t-elle d'une voix rauque et en se retournant vers la muraille comme si elle eût pu s'y ouvrir un passage avec ses mains.

— Mais qui êtes-vous donc? s'écrièrent tous les témoins de cette scène.

— Demandez-le à cette femme, dit l'homme au manteau rouge, car vous voyez bien qu'elle m'a reconnu, elle.

— Le bourreau de Lille, le bourreau de Lille! s'écria milady en proie à une terreur insensée et se cramponnant des mains à la muraille pour ne pas tomber.

Tout le monde s'écarta, et l'homme au

manteau rouge resta seul debout au milieu de la salle.

— Oh! grâce! grâce! pardon! cria la misérable en tombant à genoux.

L'inconnu laissa le silence se rétablir.

— Je vous le disais bien, qu'elle m'avait reconnu! reprit-il. Oui, je suis le bourreau de la ville de Lille, et voici mon histoire :.....

Tous les yeux étaient fixés sur cet homme, dont on attendait les paroles avec une avide anxiété.

VIII.   4

« Cette jeune femme était autrefois une jeune fille aussi belle qu'elle est belle aujourd'hui. Elle était religieuse au couvent des Bénédictines de Templemar. Un jeune prêtre au cœur simple et croyant desservait l'église de ce couvent; elle entreprit de le séduire et y réussit, elle eût séduit un saint.

» Les vœux à tous deux étaient sacrés, irrévocables; leur liaison ne pouvait durer long-temps sans les perdre tous deux. Elle obtint de lui qu'ils quitteraient le pays; mais pour quitter le pays, pour fuir ensemble, pour gagner une autre partie de

la France, où ils pussent vivre tranquilles,
parce qu'ils seraient inconnus, il fallait
de l'argent ; ni l'un ni l'autre n'en avaient.
Le prêtre vola les vases sacrés, les vendit ;
mais comme ils s'apprêtaient à partir en—
semble, ils furent arrêtés tous deux.

» Huit jours après, elle avait séduit le fils
du geôlier et s'était sauvée. Le jeune prêtre
fut condamné à dix ans de fers et à la flétrissure. J'étais bourreau de la ville de
Lille, comme dit cette femme. Je fus obligé
de marquer le coupable, et le coupable,
messieurs, c'était mon frère !

» Je jurai alors que cette femme qui

4.

l'avait perdu, qui était plus que sa complice, puisqu'elle l'avait poussé au crime, partagerait au moins le châtiment. Je me doutai du lieu où elle était cachée, je la poursuivis, je l'atteignis, je la garrottai et je lui imprimai la même flétrissure que j'avais imprimée à mon frère.

» Le lendemain de mon retour à Lille, mon frère parvint à s'échapper à son tour; on m'accusa de complicité, et l'on me condamna à rester en prison à sa place tant qu'il ne se serait pas constitué prisonnier. Mon pauvre frère ignorait ce jugement; il avait rejoint cette femme; ils avaient fui ensemble dans le Berry; et là, il avait obtenu une petite cure. Cette femme passait pour sa sœur.

» Le seigneur de la terre sur laquelle était située l'église du curé vit cette prétendue sœur et en devint amoureux, amoureux au point qu'il lui proposa de l'épouser. Alors elle quitta celui qu'elle avait perdu pour celui qu'elle devait perdre, et devint la comtesse de La Fère... »

Tous les yeux se tournèrent vers Athos, dont c'était le véritable nom, et qui fit signe de la tête que tout ce qu'avait dit le bourreau était vrai.

« Alors, reprit celui-ci, fou, désespéré, décidé à se débarrasser d'une existence à laquelle elle avait tout enlevé, honneur et bonheur, mon pauvre frère revint à Lille et, apprenant l'arrêt qui m'avait condamné à sa place, se constitua prisonnier et se pendit le même soir au soupirail de son cachot.

» Au reste, c'est une justice à leur rendre, ceux qui m'avaient condamné me tinrent parole. A peine l'identité du cadavre fût-elle constatée qu'on me rendit ma liberté.

» Voilà le crime dont je l'accuse, voilà

la cause pour laquelle elle a été marquée. »

— Monsieur d'Artagnan, dit Athos, quelle est la peine que vous réclamez contre cette femme?

— La peine de mort, répondit d'Artagnan.

— Milord de Winter, continua Athos, quelle est la peine que vous réclamez contre cette femme?

— La peine de mort, reprit lord de Winter.

— Messieurs Porthos et Aramis, reprit Athos, vous qui êtes ses juges, quelle est la peine que vous portez contre cette femme?

—La peine de mort, répondirent d'une voix sourde les deux mousquetaires.

Milady poussa un hurlement affreux, et fit quelques pas vers ses juges en se traînant sur ses genoux.

Athos étendit la main vers elle.

—Charlotte Backson, comtesse de La Fère, milady de Winter, dit-il, vos crimes ont lassé les hommes sur la terre et Dieu dans le ciel. Si vous savez quelque prière dites-la, car vous êtes condamnée et vous allez mourir.

A ces paroles, qui ne lui laissaient aucun espoir, milady se releva de toute sa hauteur et voulut parler, mais les forces lui manquèrent; elle sentit qu'une main puissante et implacable la saisissait par les cheveux et l'entraînait aussi irrévocablement que la fatalité entraîne l'homme : elle ne tenta donc pas même de faire résistance et sortit de la chaumière.

Lord de Winter, d'Artagnan, Athos, Porthos et Aramis en sortirent derrière elle. Les valets suivirent leurs maîtres et sa chambre resta solitaire avec sa fenêtre brisée, sa porte ouverte et sa lampe fumeuse qui brûlait tristement sur la table.

CHAPITRE III.

L'EXÉCUTION.

Il était minuit à peu près; la lune,
échancrée par sa décroissance et ensan-
glantée par les dernières traces de l'orage,

se levait derrière la petite ville d'Armentières, qui découpait sur sa lueur blafarde
la silhouette sombre de ses maisons et
le squelette de son haut clocher découpé
à jour. En face, la Lys roulait ses eaux
pareilles à une rivière d'étain fondu ; tandis que sur l'autre rive on voyait la masse
noire des arbres se profiler sur un ciel
orageux envahi par de gros nuages cui-
vrés qui faisaient une espèce de crépus-
cule au milieu de la nuit. A gauche s'éle-
vait un vieux moulin abandonné, aux
ailes immobiles, dans les ruines duquel
une chouette faisait entendre son cri aigu,
périodique et monotone. Çà et là, dans la
plaine, à droite et à gauche du chemin

que suivait le lugubre cortége, apparaissaient quelques arbres bas et trapus, qui
semblaient des nains difformes accroupis
pour guetter les hommes à cette heure
sinistre.

De temps en temps un large éclair ouvrait l'horizon dans toute sa largeur, ser-
pentait au-dessus de la masse noire des
arbres et venait comme un effrayant cimeterre couper le ciel et l'eau en deux
parties. Pas un souffle de vent ne glissait
dans l'atmosphère alourdie. Un silence de
mort écrasait toute la nature, le sol était
humide et glissant de la pluie qui venait

de tomber, et les herbes ranimées jetaient leur parfum avec plus d'énergie.

Deux valets entraînaient milady, qu'ils tenaient chacun par un bras ; le bourreau marchait derrière, et lord de Winter, d'Artagnan, Athos, Porthos et Aramis marchaient derrière le bourreau.

Planchet et Bazin venaient les derniers.

Les deux valets conduisaient milady du côté de la rivière. Sa bouche était muette; mais ses yeux parlaient avec leur inexprimable éloquence, suppliant tour à tour chacun de ceux qu'elle regardait.

Comme elle se trouvait de quelques pas en avant, elle dit aux valets :

— Mille pistoles à chacun de vous si vous protégez ma fuite ; mais si vous me livrez à vos maîtres, j'ai, ici près, des vengeurs qui vous feront payer cher ma mort.

Grimaud hésitait. Mousqueton tremblait de tous ses membres.

Athos, qui avait entendu la voix de milady, s'approcha vivement ; lord de Winter en fit autant.

— Renvoyez ces valets, dit-il, elle leur a parlé, ils ne sont plus sûrs.

On appela Planchet et Bazin, qui prirent la place de Grimaud et de Mousqueton.

Arrivés au bord de l'eau, le bourreau s'approcha de milady et lui lia les pieds et les mains.

Alors elle rompit le silence pour s'écrier :

— Vous êtes des lâches, vous êtes de

misérables assassins, vous vous mettez à dix pour égorger une femme; prenez garde, si je ne suis point secourue, je serai vengée....

— Vous n'êtes pas une femme, dit froidement Athos, vous n'appartenez pas à l'espèce humaine, vous êtes un démon échappé de l'enfer et que nous allons y faire rentrer.

— Ah, messieurs les hommes vertueux! dit milady, faites attention que celui qui touchera un cheveu de ma tête est à son tour un assassin.

VIII.   5

— Le bourreau peut tuer, sans être pour cela un assassin, madame, dit l'homme au manteau rouge en frappant sur sa large épée; c'est le dernier juge, voilà tout : *Nachrichter*, comme disent nos voisins les Allemands.

Et, comme il la liait en disant ces paroles, milady poussa deux ou trois cris sauvages, qui firent un effet sombre et étrange en s'envolant dans la nuit et en se perdant dans les profondeurs du bois.

— Mais, si je suis coupable, si j'ai commis les crimes dont vous m'accusez, hur-

lait milady, conduisez-moi devant un tribunal; vous n'êtes pas des juges, vous,
pour me condamner.

— Je vous avais proposé Tyburn, dit
lord de Winter, pourquoi n'avez-vous pas
voulu ?

— Parce que je ne veux pas mourir !
s'écria milady en se débattant, parce que
je suis trop jeune pour mourir !

— La femme que vous avez empoi-
sonnée à Béthune était plus jeune encore
que vous, madame, et cependant elle est
morte, dit d'Artagnan.

— J'entrerai dans un cloître, je me ferai religieuse, dit milady.

— Vous étiez dans un cloître, dit le bourreau, et vous en êtes sortie pour perdre mon frère.

Milady poussa un cri d'effroi, et tomba sur ses genoux.

Le bourreau la souleva sous les bras, et voulut l'emporter vers le bateau.

— Oh, mon Dieu ! cria-t-elle, mon Dieu ! allez-vous donc me noyer !

Ces cris avaient quelque chose de si déchirant que d'Artagnan, qui d'abord était le plus acharné à la poursuite de milady, se laissa aller sur une souche, et pencha la tête, se bouchant les oreilles avec les paumes de ses mains; et cependant, malgré cela, il l'entendait encore menacer et crier.

D'Artagnan était le plus jeune de tous ces hommes, le cœur lui manqua.

—Oh! je ne puis voir cet affreux spectacle! je ne puis consentir à ce que cette femme meure ainsi!

Milady avait entendu ces quelques mots, et elle s'était reprise à une lueur d'espérance.

— D'Artagnan ! d'Artagnan ! cria-t-elle, souviens-toi que je t'ai aimé !

Le jeune homme se leva et fit un pas vers elle.

Mais Athos se leva, tira son épée, et se mit sur son chemin.

— Si vous faites un pas de plus, d'Artagnan, dit-il, nous croiserons le fer ensemble.

D'Artagnan tomba à genoux et pria.

— Allons, continua Athos, bourreau,
fais ton devoir.

— Volontiers, monseigneur, dit le bourreau, car, aussi vrai que je suis bon catholique, je crois fermement être juste
en accomplissant ma fonction sur cette
femme.

— C'est bien.

Athos fit un pas vers milady.

— Je vous pardonne, dit-il, le mal que

vous m'avez fait; je vous pardonne mon avenir brisé, mon honneur perdu, mon amour souillé et mon salut à jamais compromis par le désespoir où vous m'avez jeté. Mourez en paix.

Lord de Winter s'avança à son tour.

— Je vous pardonne, dit-il, l'empoisonnement de mon frère, l'assassinat de Sa Grâce lord Buckingham, je vous pardonne la mort du pauvre Felton, je vous pardonne vos tentatives sur ma personne. Mourez en paix.

— Et moi, dit d'Artagnan, pardonnez-moi, madame, d'avoir, par une fourberie indigne d'un gentilhomme, provoqué votre colère; et, en échange, je vous pardonne le meurtre de ma pauvre amie et vos vengeances cruelles sur moi, je vous pardonne et je pleure sur vous. Mourez en paix.

— I am host! murmura en Anglais milady, I must die.

Alors elle se releva d'elle-même, jeta tout autour d'elle un de ces regards clairs qui semblaient jaillir d'un œil de flamme.

Elle ne vit rien.

Elle écouta, elle n'entendit rien.

Elle n'avait autour d'elle que des ennemis.

— Où vais-je mourir ? dit-elle.

— Sur l'autre rive, répondit le bourreau.

Alors il la fit entrer dans la barque, et, comme il allait y mettre le pied, Athos lui remit une somme d'argent.

— Tenez, dit-il, voici le prix de l'exécution ; que l'on voie bien que nous agissons en juges.

— C'est bien, dit le bourreau; et que maintenant, à son tour, cette femme sache que je n'accomplis pas mon métier mais mon devoir.

Et il jeta l'argent dans la rivière.

Le bateau s'éloigna vers la rive gauche de la Lys, emportant la coupable et l'exécuteur; tous les autres demeurèrent sur la rive droite, où ils étaient tombés à genoux.

Le bateau glissait lentement le long de la corde du bac, sous le reflet d'un nuage pâle qui surplombait l'eau en ce moment.

On le vit aborder sur l'autre rive; les personnages se dessinaient en noir sur l'horizon rougeâtre.

Milady, pendant le trajet, était parvenue à détacher la corde qui liait ses pieds: en arrivant près du rivage, elle sauta légèrement à terre et prit la fuite.

Mais le sol était humide; en arrivant au haut du talus, elle glissa et tomba sur ses genoux.

Une idée superstitieuse la frappa sans

doute; elle comprit que le ciel lui refusait son secours et resta dans l'attitude où elle se trouvait, la tête inclinée et les mains jointes.

Alors on vit, de l'autre rive, le bourreau lever lentement ses deux bras, un rayon de la lune se refléta sur la lame de sa large épée, les deux bras retombèrent; on entendit le sifflement du cimeterre et le cri de la victime, puis une masse tronquée s'affaissa sous le coup.

Alors le bourreau détacha son manteau rouge, l'étendit à terre, y coucha le corps, y jeta la tête, le noua par les quatre coins, le rechargea sur son épaule et remonta dans le bateau.

Arrivé au milieu de la Lys, il arrêta la barque, et suspendant son fardeau au-dessus de la rivière :

— Laissez passer la justice de Dieu ! cria-t-il à haute voix.

Et il laissa tomber le cadavre au plus profond de l'eau, qui se referma sur lui.

Trois jours après, les quatre mousque-taires rentraient à Paris ; ils étaient restés dans les limites de leur congé, et le même

soir ils allèrent faire leur visite accoutumée à M. de Tréville.

— Eh bien, messieurs, leur demanda
le brave capitaine, vous êtes-vous bien
amusés dans votre excursion?

— Prodigieusement! répondit Athos
en son nom et en celui de ses camarades.

[illegible]

[illegible]

[illegible]

[illegible]

[illegible]

[illegible]

[illegible]

CONCLUSION.

CONCLUSION.

Le 6 du mois suivant, le roi, tenant la
promesse qu'il avait faite au cardinal de
quitter Paris pour revenir à La Rochelle,

sortit de sa capitale tout étourdi encore de la nouvelle qui venait de s'y répandre que Buckingham venait d'être assassiné.

Quoique prévenue que l'homme qu'elle avait tant aimé courait un danger, la reine, lorsqu'on lui annonça cette mort, ne voulut pas la croire; il lui arriva même de s'écrier imprudemment :

— C'est faux, il vient de m'écrire.

Mais le lendemain il lui fallut bien croire à cette fatale nouvelle; Laporte, retenu comme tout le monde en Angleterre par les ordres du roi Charles Ier, arriva porteur du dernier et funèbre présent que Buckingham envoyait à la reine.

La joie du roi avait été très-vive, il ne se donna pas la peine de la dissimuler et la fit même éclater avec affectation devant la reine. Louis XIII, comme tous les cœurs faibles, manquait de générosité.

Mais bientôt le roi redevint sombre et mal portant : son front n'était pas de ceux qui s'éclaircissent pour long-temps ; il sentait qu'en retournant au camp il allait reprendre son esclavage, et cependant il y retournait.

Le cardinal était pour lui le serpent fascinateur, et il était l'oiseau qui voltige de branche en branche sans pouvoir lui échapper.

Aussi le retour vers La Rochelle était-il profondément triste. Nos quatre amis surtout faisaient l'étonnement de leurs camarades, ils voyageaient ensemble côte à côte, l'œil sombre et la tête baissée. Athos relevait seul de temps en temps son large front; un éclair brillait dans ses yeux, un sourire amer passait sur ses lèvres, puis, pareil à ses camarades, il se laissait de nouveau aller à ses rêveries.

Aussitôt l'arrivée de l'escorte dans une ville, dès qu'ils avaient conduit le roi à son logis, les quatre amis se retiraient ou chez eux, ou dans quelque cabaret écarté, où ils ne jouaient ni ne buvaient; seulement, ils parlaient à voix basse en regardant avec attention si nul ne les écoutait.

Un jour que le roi avait fait halte sur la route pour voler la pie, et que les quatre amis, selon leur habitude, au lieu de suivre la chasse s'étaient arrêtés dans un cabaret sur la grande route, un homme qui venait de La Rochelle à franc étrier s'arrêta à la porte pour boire un verre de vin, et plongea son regard dans l'intérieur de la chambre où étaient attablés les quatre mousquetaires.

— Holà! monsieur d'Artagnan! dit-il, n'est-ce point vous que je vois là-bas?

D'Artagnan leva la tête et poussa un cri de joie. Cet homme, qu'il appelait son fantôme, c'était son inconnu de Meung, de la rue des Fossoyeurs et d'Arras.

D'Artagnan tira son épée et s'élança vers la porte.

Mais cette fois, au lieu de fuir, l'inconnu

s'élança à bas de cheval, et s'avança à la rencontre de d'Artagnan.

— Ah, monsieur! dit le jeune homme, je vous rejoins donc enfin, cette fois vous ne m'échapperez pas.

— Ce n'est pas mon intention non plus, monsieur, car cette fois je vous cherchais, au nom du roi je vous arrête.

— Comment! que dites-vous? s'écria d'Artagnan.

— Je dis que vous ayez à me rendre votre épée, monsieur, et cela sans résistance, il y va de la tête, je vous en avertis.

— Qui êtes-vous donc? demanda d'Artagnan en baissant son épée, mais sans la rendre encore.

— Je suis le chevalier de Rochefort, répondit l'inconnu, l'écuyer de monsieur le cardinal de Richelieu, et j'ai ordre de vous ramener à Son Éminence.

— Nous retournons auprès de Son Éminence, monsieur le chevalier, dit Athos en s'avançant, et vous accepterez bien la parole de M. d'Artagnan qu'il va se rendre en droite ligne à La Rochelle.

— Je dois le remettre entre les mains
de gardes qui le ramèneront au camp.

— Nous lui en servirons, monsieur, sur
notre parole de gentilshommes ; mais, sur
notre parole de gentilshommes aussi,
ajouta Athos en fronçant le sourcil,
M. d'Artagnan ne nous quittera pas.

Le chevalier de Rochefort jeta un coup
d'œil en arrière et vit que Porthos et
Aramis s'étaient placés entre lui et la porte,
il comprit qu'il était complétement à la
merci de ces quatre hommes.

— Messieurs, dit-il, si M. d'Artagnan veut me rendre son épée et joindre sa parole à la vôtre, je me contenterai de votre promesse de conduire M. d'Artagnan au quartier de monseigneur le cardinal.

— Vous avez ma parole, monsieur, dit d'Artagnan, et voici mon épée.

— Cela me va d'autant mieux, ajouta Rochefort, qu'il faut que je continue mon voyage.

— Si c'est pour rejoindre milady, dit froidement Athos, c'est inutile, vous ne la retrouverez pas.

— Qu'est-elle donc devenue? demanda vivement Rochefort.

— Revenez au camp et vous le saurez.

Rochefort demeura un instant pensif, puis, comme on n'était plus qu'à une journée de Surgères, jusqu'où le cardinal devait venir au-devant du roi, il résolut de suivre le conseil d'Athos et de revenir avec eux.

D'ailleurs ce retour lui offrait un avantage, c'était de surveiller lui-même son prisonnier.

On se remit en route.

Le lendemain à trois heures de l'après-midi on arriva à Surgères. Le cardinal y attendait Louis XIII. Le ministre et le roi y échangèrent force caresses, se félicitèrent du heureux hasard qui débarrassait la France de l'ennemi acharné qui ameutait l'Europe contre elle. Après quoi le cardinal, qui avait été prévenu par Rochefort que d'Artagnan était arrêté, et qui avait hâte de le voir, prit congé du roi en l'invitant à venir voir le lendemain les travaux de la digue qui étaient achevés.

En revenant le soir à son quartier du

pont de Pierre, le cardinal trouva debout devant la porte de la maison qu'il habitait d'Artagnan sans épée et les trois mousquetaires armés.

Cette fois, comme il était en force, il les regarda sévèrement, et fit signe de l'œil et de la main à d'Artagnan de le suivre.

D'Artagnan obéit.

— Nous t'attendons, d'Artagnan, dit Athos assez haut pour que le cardinal l'entendît.

Son Éminence fronça le sourcil, s'arrêta un instant, puis continua son chemin sans prononcer une seule parole.

D'Artagnan entra derrière le cardinal, et derrière d'Artagnan la porte fut gardée.

Son Éminence se rendit dans la chambre qui lui servait de cabinet, et fit signe à Rochefort d'introduire le jeune mousquetaire.

Rochefort obéit et se retira.

D'Artagnan resta seul en face du cardinal; c'était sa seconde entrevue avec Richelieu, et il avoua depuis qu'il avait été bien convaincu que ce serait la dernière.

Richelieu resta debout, appuyé contre la cheminée; une table était dressée entre lui et d'Artagnan.

— Monsieur, dit le cardinal, vous avez été arrêté par mes ordres.

— On me l'a dit, monseigneur.

— Savez-vous pourquoi?

— Non, monseigneur; car la seule chose pour laquelle je pourrais être arrêté est encore inconnue de Son Éminence.

Richelieu regarda fixement le jeune homme.

— Holà, dit-il, que veut dire cela?

— Si monseigneur veut m'apprendre d'abord les crimes qu'on m'impute, je lui dirai ensuite les faits que j'ai accomplis.

— On vous impute des crimes qui ont fait choir des têtes plus hautes que la vôtre, monsieur! dit le cardinal.

— Lesquels, monseigneur? demanda

d'Artagnan avec un calme qui étonna le cardinal lui-même.

— On vous impute d'avoir correspondu avec les ennemis du royaume, on vous impute d'avoir surpris les secrets de l'État, on vous impute d'avoir essayé de faire avorter les plans de votre général.

— Et qui m'impute cela, monseigneur? dit d'Artagnan, qui se doutait que l'accusation venait de milady : une femme flétrie par la justice du pays, une femme qui a épousé un homme en France et un autre en Angleterre, une femme qui a

7.

empoisonné son second mari et qui a tenté de m'empoisonner moi-même !

— Que dites-vous donc là, monsieur, s'écria le cardinal étonné, et de quelle femme parlez-vous ainsi ?

— De milady de Winter, répondit d'Artagnan ; oui, de milady de Winter, dont sans doute Votre Éminence ignorait tous les crimes lorsqu'elle l'a honorée de sa confiance.

— Monsieur, dit le cardinal, si milady de Winter a commis les crimes que vous dites, elle sera punie.

— Elle l'est, monseigneur.

— Et qui l'a punie?

— Nous.

— Elle est en prison?

— Elle est morte.

—Morte! répéta le cardinal, qui ne pouvait croire à ce qu'il entendait; morte!
n'avez-vous pas dit qu'elle était morte?

— Trois fois elle avait essayé de me
tuer, et je lui avais pardonné; mais elle a
tué la femme que j'aimais. Alors, mes

amis et moi, nous l'avons prise, jugée et condamnée.

D'Artagnan alors raconta l'empoisonnement de madame Bonacieux dans le couvent des carmélites de Béthune, le jugement dans la maison isolée, l'exécution sur les bords de la Lys.

Un frisson courut par tout le corps du cardinal, qui cependant ne frissonnait pas facilement.

Mais tout à coup, comme subissant l'influence d'une pensée muette, la physionomie du cardinal, sombre jusqu'alors, s'éclaircit peu à peu et en arriva à la plus parfaite sérénité.

— Ainsi, dit le cardinal avec une voix dont la douceur contrastait avec la sévérité de ses paroles, vous vous êtes constitués en juges, sans penser que ceux qui n'ont pas mission de punir et qui punissent sont des assassins !

— Monseigneur, je vous jure que je n'ai pas eu un instant l'intention de défendre ma tête contre vous. Je subirai le châtiment que Votre Éminence voudra bien m'infliger. Je ne tiens pas assez à la vie pour craindre la mort.

— Oui, je le sais, vous êtes homme de cœur, monsieur, dit le cardinal avec une voix presque affectueuse : je puis donc vous dire d'avance que vous serez jugé, condamné même.

— Un autre pourrait répondre à Votre Éminence qu'il a sa grâce dans sa poche ; moi je me contenterai de vous dire : Ordonnez, monseigneur ; je suis prêt.

— Votre grâce ? dit Richelieu surpris.

— Oui, monseigneur, dit d'Artagnan.

— Et signée de qui ? du roi ?

Et le cardinal prononça ces mots avec
une singulière expression de mépris.

— Non, de Votre Éminence.

— De moi? vous êtes fou, monsieur !

— Monseigneur reconnaîtra sans doute
son écriture?

Et d'Artagnan présenta au cardinal le
précieux papier qu'Athos avait arraché à
milady, et qu'il avait donné à d'Artagnan
pour lui servir de sauvegarde.

Son Éminence prit le papier et lut

d'une voix lente et en appuyant sur chaque syllabe :

« C'est par mon ordre que le porteur de ce papier a fait ce qu'il vient de faire.

» Au camp de La Rochelle, ce 5 août 1628.

» RICHELIEU. »

Le cardinal, après avoir lu ces deux lignes, tomba dans une rêverie profonde, mais il ne rendit pas le papier à d'Artagnan.

— Il médite de quel genre de supplice il me fera mourir, se dit tout bas d'Artagnan; eh bien, ma foi! il verra comment meurt un gentilhomme.

Le jeune mousquetaire était en excellente disposition pour trépasser héroïquement.

Richelieu pensait toujours, roulait et déroulait le papier dans ses mains. Enfin il leva la tête, fixa son regard d'aigle sur cette physionomie loyale, ouverte, intelligente, lut sur ce visage sillonné de larmes toutes les souffrances qu'il avait endurées depuis un mois, et songea pour la troisième ou quatrième fois combien cet enfant de vingt et un ans avait d'avenir et quelles ressources son activité, son courage et son esprit pouvaient offrir à un bon maître.

D'un autre côté, les crimes, la puissance, le génie infernal de milady l'avaient plus d'une fois épouvanté. Il sentait comme une joie secrète d'être à jamais débarrassé de ce complice dangereux.

Il déchira lentement le papier que d'Artagnan lui avait si généreusement remis.

— Je suis perdu, dit en lui-même d'Artagnan.

Et il s'inclina profondément devant le cardinal en homme qui dit : « Seigneur, que votre volonté soit faite. »

Le cardinal s'approcha de la table et sans s'asseoir écrivit quelques lignes sur un parchemin dont les deux tiers étaient déjà remplis et y apposa son sceau.

— Ceci est ma condamnation, dit d'Artagnan ; il m'épargne l'ennui de la Bastille et les lenteurs d'un jugement. C'est encore fort aimable à lui.

— Tenez, monsieur, dit le cardinal au jeune homme, je vous ai pris un blanc-seing et je vous en rends un autre. Le nom manque sur ce brevet et vous l'écrirez vous-même.

D'Artagnan prit le papier en hésitant et jeta les yeux dessus.

C'était une lieutenance dans les mousquetaires.

D'Artagnan tomba aux pieds du cardinal.

— Monseigneur, dit-il, ma vie est à vous, disposez-en désormais ; mais cette faveur que vous m'accordez, je ne la mérite pas : j'ai trois amis qui sont plus méritants et plus dignes.....

— Vous êtes un brave garçon, d'Artagnan, interrompit le cardinal en lui frappant familièrement sur l'épaule, charmé qu'il était d'avoir vaincu cette nature rebelle. Faites de ce brevet ce qu'il vous plaira, quoique le nom soit en blanc. Seulement rappelez-vous que c'est à vous que je le donne.

— Je ne l'oublierai jamais, répondit

d'Artagnan, Votre Éminence peut en être certaine.

Le cardinal se retourna et dit à haute voix :

— Rochefort !

Le chevalier, qui sans doute se tenait derrière la porte, entra aussitôt.

—Rochefort, dit le cardinal, vous voyez M. d'Artagnan ; je le reçois au nombre de mes amis : ainsi donc que l'on s'embrasse et que l'on soit sage si l'on tient à conserver sa tête.

Rochefort et d'Artagnan s'embrassèrent du bout des lèvres ; mais le cardinal était là, qui les observait de son œil vigilant.

Ils sortirent de la chambre en même temps.

— Nous nous retrouverons, n'est-ce pas, monsieur ?

— Quand il vous plaira, fit d'Artagnan.

— L'occasion viendra, répondit Rochefort.

— Hein ! fit Richelieu en ouvrant la porte.

VIII.   8

Les deux hommes se sourirent, se serrèrent la main et saluèrent Son Éminence.

— Nous commencions à nous impatienter, dit Athos.

— Me voilà, mes amis! répondit d'Artagnan.

— Non-seulement libre, mais en faveur.

— Vous nous conterez cela?

— Dès ce soir.

En effet, dès le soir même, d'Artagnan

se rendit au logis d'Athos, qu'il trouva en train de vider sa bouteille de vin d'Espagne; occupation qu'il accomplissait religieusement tous les soirs.

Il lui raconta ce qui s'était passé entre le cardinal et lui, et tirant le brevet de sa poche :

— Tenez, mon cher Athos, voilà, dit-il, qui vous revient tout naturellement.

Athos sourit de son doux et charmant sourire.

— Ami, dit-il, pour Athos c'est trop;
8.

pour le comte de La Fère, c'est trop peu. Gardez ce brevet, il est à vous ; hélas, mon Dieu ! vous l'avez acheté assez cher.

D'Artagnan sortit de la chambre d'Athos, et entra dans celle de Porthos.

Il le trouva vêtu d'un magnifique habit, couvert de broderies splendides, et se mirant devant une glace.

— Ah, ah ! dit Porthos, c'est vous, cher ami ! Comment trouvez-vous que ce vêtement me va ?

— A merveille, dit d'Artagnan, mais je

viens vous proposer un habit qui vous ira mieux encore.

— Lequel ? demanda Porthos.

— Celui de lieutenant aux mousquetaires.

D'Artagnan raconta à Porthos son entrevue avec le cardinal, et tirant le brevet de sa poche :

— Tenez, mon cher, dit-il, écrivez votre nom là-dessus, et soyez bon chef pour moi.

Porthos jeta les yeux sur le brevet, et le

rendit à d'Artagnan, au grand étonnement du jeune homme.

— Oui, dit-il, cela me flatterait beaucoup, mais je n'aurais pas assez long-temps à jouir de cette faveur. Pendant notre expédition de Béthune, le mari de ma duchesse est mort; de sorte que, mon cher, le coffre du défunt me tendant les bras, j'épouse la veuve. Tenez, j'essayais mon habit de noces; gardez la lieutenance; mon cher, gardez.

Et il rendit le brevet à d'Artagnan.

Le jeune homme entra chez Aramis.

Il le trouva agenouillé devant un prie-

Dieu, le front appuyé contre son livre d'Heures ouvert.

Il lui raconta son entrevue avec le cardinal, et tirant pour la troisième fois son brevet de sa poche :

— Vous, notre ami, notre lumière, notre protecteur invisible, dit-il, acceptez ce brevet ; vous l'avez mérité plus que personne, par votre sagesse et vos conseils toujours suivis de si heureux résultats.

—Hélas, cher ami ! dit Aramis, nos dernières aventures m'ont dégoûté tout à fait de la vie et de l'épée. Cette fois, mon parti est pris irrévocablement : après le siége, j'entre chez les Lazaristes. Gardez le brevet, d'Artagnan, le métier des armes vous convient, vous serez un brave et aventureux capitaine.

D'Artagnan, l'œil humide de reconnaissance et brillant de joie, revint à Athos, qu'il trouva toujours attablé et mirant son dernier verre de malaga à la lueur de la lampe.

— Eh bien, dit-il, et eux aussi m'ont refusé !

— C'est que personne, cher ami, n'en était plus digne que vous.

Et il prit une plume, écrivit sur le brevet le nom de d'Artagnan, et le lui remit.

— Je n'aurai donc plus d'amis, dit le jeune homme; hélas! plus rien, que d'amers souvenirs...

Et il laissa tomber sa tête entre ses deux mains, tandis que deux larmes roulaient le long de ses joues.

— Vous êtes jeune, vous, répondit Athos, et vos souvenirs amers ont le temps de se changer en doux souvenirs!

ÉPILOGUE.

ÉPILOGUE.

La Rochelle, privée du secours de la flotte anglaise et de la division promise par Buckingham, se rendit, après un siége d'un an, le 28 octobre 1628. On signa la capitulation.

Le roï fit son entrée à Paris le 23 décembre de la même année. On lui fit un triomphe comme s'il revenait de vaincre l'ennemi, et non des Français. Il entra par le faubourg Saint-Jacques sous des arcs de verdure.

D'Artagnan prit possession de son grade. Porthos quitta le service et épousa, dans le courant de l'année suivante, madame Coquenard : le coffre tant convoité contenait 800,000 livres.

Mousqueton eut une livrée magnifique, et eut la satisfaction, satisfaction qu'il avait ambitionnée toute sa vie, de monter derrière un carrosse doré.

Aramis, après un voyage en Lorraine, disparut tout à coup et cessa d'écrire à ses amis. On apprit plus tard, par madame de Chevreuse, qui le dit à deux ou trois de ses amants, qu'il avait pris l'habit dans un couvent de Nancy.

Bazin devint frère lai.

Athos resta mousquetaire sous les ordres de d'Artagnan jusqu'en 1631, époque à laquelle, à la suite d'un voyage qu'il fit en Touraine, il quitta aussi le service sous prétexte qu'il venait de recueillir un petit héritage en Roussillon.

Grimaud suivit Athos.

D'Artagnan se battit trois fois avec Rochefort et le blessa trois fois.

— Je vous tuerai probablement à la

quatrième, lui dit-il en lui tendant la main pour le relever.

— Il vaut donc mieux pour vous et pour moi que nous en restions là, répondit le blessé. Corbleu ! je suis plus votre ami que vous ne pensez, car, dès la première rencontre, j'aurais pu, en disant un mot au cardinal, vous faire couper le cou.

Ils s'embrassèrent cette fois, mais de bon cœur et sans arrière-pensée.

VIII.   9

Planchet obtint de Rochefort le grade de sergent dans les gardes.

M. Bonacieux vivait fort tranquille, ignorant parfaitement ce qu'était devenue sa femme et ne s'en inquiétant guère. Un jour, il eut l'imprudence de se rappeler au souvenir du cardinal; le cardinal lui fit répondre qu'il allait pourvoir à ce qu'il ne manquât jamais de rien désormais.

En effet, le lendemain, M. Bonacieux étant sorti à sept heures du soir de chez

lui pour se rendre au Louvre, ne reparut
plus rue des Fossoyeurs; l'avis de ceux
qui parurent les mieux informés fut qu'il
était nourri et logé dans quelque château
royal aux frais de Sa généreuse Éminence.

FIN D'ATHOS, PORTHOS ET ARAMIS.

UN MESSAGE.

UN MESSAGE.

Un matin, à peine étais-je réveillé que
mon domestique entra dans ma chambre,
m'apportant une lettre sur laquelle il y

avait *Pressé*. Il ouvrit le rideau; le jour, qui s'était probablement trompé, était beau, et le soleil entra chez moi splendide comme un conquérant. Je me frottai les yeux pour voir de qui pouvait venir cette lettre, tout en m'étonnant de n'en recevoir qu'une. L'écriture m'était complétement inconnue. Après l'avoir long-temps retournée pour deviner la signature, je l'ouvris, et voici ce qu'il y avait :

« Monsieur,

» J'ai lu *les Trois Mousquetaires*, car je

» suis riche et j'ai beaucoup de temps à

» moi... »

— Voilà un monsieur bien heureux !

me dis-je, et je continuai.

« Je vous avouerai que cela m'a assez

» amusé; mais j'ai eu la curiosité de sa-

» voir, ayant beaucoup de temps devant

» moi, si vous les aviez réellement pris

» dans les *Mémoires de M. de La Fère.*

» Comme j'étais à Carcassonne, j'écrivis à

» l'un de mes amis demeurant à Paris,

» d'aller à la Bibliothèque, de demander

» ces Mémoires et de m'écrire si réelle-
» ment vous leur avez emprunté ces dé-
» tails. Mon ami, qui est un homme sé-
» rieux, me répondit que vous les aviez
» copiés mot à mot, et que, vous autres au-
» teurs, vous n'en faisiez jamais d'autres.
» Je vous préviens donc, Monsieur, que
» j'ai dit cela à Carcassonne, et que nous
» nous désabonnerons au *Siècle* si cela con-
» tinue.

» J'ai l'honneur de vous saluer,

» *** . »

Je sonnai.

— S'il me vient des lettres aujourd'hui,
vous les garderez, dis-je au domestique, et
vous ne me les donnerez que le jour où
vous me verrez trop gai.

— Les manuscrits en sont-ils, monsieur?

— Pourquoi cela?

— C'est qu'on vient d'en apporter un à
l'instant.

— Bien, il ne manquait plus que

cela! mettez-le dans un endroit où il ne puisse pas se perdre, mais ne me montrez pas cet endroit

Il le mit sur la cheminée, ce qui me prouva que, décidément, mon domestique était plein d'intelligence.

Il était dix heures et demie; je me mis à la fenêtre: le jour, comme je l'ai dit, était superbe; le soleil semblait pour jamais vainqueur des nuages; tous les gens qui passaient avaient l'air héureux ou du moins contents.

J'éprouvai, comme tout ce monde, le désir de prendre l'air autre part qu'à ma fenêtre; je m'habillai et je sortis.

Le hasard fit, car lorsque je prends l'air peu m'importe que ce soit dans une rue ou dans une autre, le hasard fit, dis-je, que je passai devant la Bibliothèque.

Je montai; je trouvai, comme toujours, Pâris, qui vint à moi avec un sourire charmant.

— Donnez-moi donc, lui dis-je, les Mémoires de La Fère.

Il me regarda un instant comme s'il eût eu à répondre à un fou, puis avec le plus grand sang-froid il me dit :

— Vous savez bien qu'ils n'existent pas, puisque c'est vous qui avez dit qu'ils existaient !

Ce discours, tout concis qu'il était, me parut plein de sève; et, pour remercier

Pâris, je lui fis don de l'autographe que j'avais reçu de Carcassonne.

Quand il eût fini de lire :

—Consolez-vous, me dit-il, vous n'êtes pas le premier qui venez demander les Mémoires de La Fère ; j'ai déjà vu au moins trente personnes qui ne sont venues que pour cela, et qui doivent vous haïr de les avoir dérangées pour rien.

J'avais besoin d'une Nouvelle, et puisque j'étais à la Bibliothèque, et qu'il y a des gens qui affirment qu'on y trouve des romans tout faits, je demandai le Catalogue.

Il n'y avait rien, bien entendu.

Le soir, quand je rentrai, je trouvai, au beau milieu de ma table et de mes papiers, le manuscrit du matin ; puisque c'était une journée perdue, j'ouvris ce manuscrit.

Il y avait une lettre qui l'accompagnait ; c'était le jour aux lettres anonymes, mais celle-là était encore plus étrange que les autres.

« Monsieur , quand vous lirez ces quelques feuilles, celui qui les a écrites aura pour jamais disparu. Je ne laisse rien que ces pages, et je vous les donne ; faites-en ce que vous voudrez... »

C'était intitulé : Invraisemblance.

Je ne sais si c'est parce qu'il faisait nuit, mais la première chose que je lus me frappa ; et voici ce que je lus :

HISTOIRE

D'UN MORT

RACONTÉE PAR LUI-MÊME.

10.

HISTOIRE D'UN MORT

RACONTÉE PAR LUI-MÊME.

Un soir de décembre, nous étions trois dans l'atelier d'un peintre; il faisait un temps sombre et froid, et la pluie battait

les vitres de son bruit continuel et monotone. L'atelier était immense et faiblement
éclairé par la lueur d'un poêle autour
duquel nous étions groupés. Quoique nous
fussions tous jeunes et gais, la conversation avait pris malgré nous un reflet de
cette soirée triste, et les paroles joyeuses
avaient été vite épuisées. L'un de nous
irritait sans cesse une belle flamme de
punch bleue qui jetait sur tous les objets
environnants une clarté fantastique : les
grandes ébauches, les christs, les bacchan-
tes, les madones, semblaient se mouvoir et
danser contre les murs comme de grands

cadavres, confondus dans le même ton verdâtre; cette vaste salle, rayonnante, dans le jour, des créations du peintre, étoilée de ses rêves, avait pris ce soir-là, dans l'obscurité, un caractère étrange.

Chaque fois que de la cuiller d'argent retombait dans le bol la liqueur allumée, les objets se dessinaient sur les murailles, avec des formes inconnues, avec des teintes inouïes, depuis les vieux prophètes à la barbe blanche, jusqu'à ces caricatures dont les murs des ateliers se peuplent, et qui sem-blaient une armée de démons comme on en voit en rêve, ou comme en groupait Goya. Enfin, le calme brumeux et frais du dehors complétait le fantastique du dedans. Ajoutez à cela que, chaque fois que nous nous regardions à cette clarté d'un moment, nous nous apparaissions avec des figures d'un gris vert, les yeux fixes et luisants comme des escarboucles, les lèvres pâles et les joues creuses; mais ce qu'il y avait de plus affreux c'était un masque en plâtre, moulé sur un de nos amis mort depuis peu de temps, lequel masque, accroché près de la fenêtre, recevait aux trois quarts le reflet du punch, ce

qui lui donnait une physionomie étran-
gement railleuse.

Tout le monde a subi comme nous l'influence des salles vastes et ténébreuses,
comme les dépeint Hoffmann, comme les
peint Rembrandt ; tout le monde a éprouvé
au moins une fois de ces peurs sans cause,
de ces fièvres spontanées à la vue d'objets
à qui le rayon blafard de la lune ou la lumière douteuse d'une lampe prêtent une
forme mystérieuse ; tout le monde s'est
trouvé dans une chambre sombre et grande
à côté de quelque ami, écoutant quelque

conte invraisemblable, éprouvant cette terreur secrète que l'on peut faire cesser tout à coup en allumant une lampe ou en causant d'autre chose : ce qu'on se garde bien de faire; tant notre pauvre cœur a besoin d'émotions, qu'elles soient réelles ou fausses.

Enfin, ce soir-là, comme nous l'avons dit, nous étions trois; la conversation, qui ne prend jamais la ligne droite pour arriver à son but, avait suivi toutes les phases de nos pensées de vingt ans : tantôt légère comme la fumée de nos cigarettes, tantôt joyeuse comme la flamme du punch, tantôt sombre comme le sourire de ce masque de plâtre. Nous en étions arrivés à ne plus causer du tout; les cigares, qui suivaient le mouvement des têtes et des mains, brillaient comme trois auréoles voltigeant dans l'ombre. Il était évident que le premier qui allait ouvrir la bouche et qui troublerait le silence, fût-ce même par une plaisanterie, causerait un effroi d'un moment aux deux autres, tant nous étions enfoncés, chacun de notre côté, dans une rêverie peureuse.

—Henri, dit celui qui brûlait le punch,

en s'adressant au peintre, as-tu lu Hoffmann ?

— Je crois bien ! répondit Henri.

— Et qu'en penses-tu ?

— Je pense que c'est tout bonnement
admirable et d'autant plus admirable que
celui qui écrivait cela croyait évidem-
ment à ce qu'il écrivait; et je sais, quant à
moi, que, comme je le lisais le soir, je suis
allé me coucher bien souvent sans fermer
mon livre et sans oser regarder derrière
moi.

— Ainsi tu aimes le fantastique?

— Beaucoup.

— Et toi? dit-il en s'adressant à moi.

— Moi aussi.

— Eh! bien, je vais vous raconter une histoire fantastique qui m'est arrivée.

— Cela ne pouvait pas finir autrement, raconte.

— C'est une histoire qui t'est arrivée à toi-même? repris-je.

— A moi-même.

— Eh! bien, raconte. Je suis disposé à tout croire aujourd'hui.

— D'autant plus que, sur l'honneur, je vous garantis que j'en suis le héros.

— Eh bien! va, nous t'écoutons.

Il laissa tomber la cuiller dans le bol. La flamme s'éteignit peu à peu. Et nous restâmes dans une obscurité compléte, ayant les jambes seules éclairées par le feu du poêle.

Il commença :

..... « Un soir, voilà à peu près un an,
il faisait exactement le même temps qu'aujourd'hui, même froid, même pluie,
même tristesse. J'avais beaucoup de ma-
lades, et après avoir fait ma dernière visite, au lieu d'aller un instant aux Italiens,
comme j'en ai l'habitude, je me fis ramener chez moi. J'habitais une des rues
les plus désertes du faubourg Saint-Germain. J'étais très-fatigué et je fus bien
vite couché. J'éteignis ma lampe et pendant quelque temps je m'amusai à regarder

mon feu, qui brûlait et faisait danser de grandes ombres sur le rideau de mon lit ; puis enfin mes yeux se fermèrent et je m'endormis. Il y avait environ une heure que je dormais, quand je sentis une main qui me secouait vigoureusement. Je me réveillai en sursaut, comme un homme qui espérait dormir long-temps, et je regardai avec étonnement mon nocturne visiteur. C'était mon domestique.

» — Monsieur, me dit-il, levez-vous tout de suite, on vient vous chercher pour une jeune dame qui se meurt.

» — Et où demeure cette jeune dame? lui dis-je.

» —Presque vis-à-vis; du reste, il y a là celui qui vient vous demander qui vous y conduira.

» Je me levai et m'habillai à la hâte, pensant que l'heure et la circonstance feraient excuser mon costume, pris ma lancette et suivis l'homme qu'on m'avait envoyé.

» Il pleuvait à torrents.

VIII.   I I

» Heureusement je n'avais que la rue à traverser, et je fus tout de suite chez la personne qui réclamait mes soins. Elle habitait un hôtel vaste et aristocratique. Je traversai une grande cour, montai les quelques marches d'un perron, passai par un vestibule où se trouvaient des domestiques qui m'attendaient; on me fit monter encore un étage et je me trouvai bientôt dans la chambre de la malade. C'était une grande pièce toute meublée de vieux meubles en bois noir sculpté. Une femme m'introduisit dans cette chambre, où personne ne nous suivit. J'allai droit à un grand lit à colonnes tendu d'une ancienne et riche étoffe de soie, et je vis sur l'oreiller la plus ravissante tête de madone qu'ait jamais rêvée Raphael. Elle avait des cheveux dorés comme un flot du Pactole, se déroulant autour de son visage d'un galbe angélique; elle avait les yeux à demi fermés, la bouche entr'ouverte et laissant voir une double rangée de perles. Son cou était éblouissant de blancheur, pur de lignes; sa chemise entr'ouverte laissait voir une poitrine belle à tenter saint Antoine, et quand je pris sa main je me rappelai ces bras blancs qu'Homère donna à la déesse Junon. Enfin, cette femme était le type de l'ange chrétien et de la déesse païenne ; tout en elle révélait la pureté de l'âme et la fougue des sens. Elle eût pu poser à la fois pour la Vierge sainte ou pour une bacchante lascive, donner la folie à un sage et la foi à un athée, et quand je m'approchai d'elle je sentis à travers la chaleur de la fièvre ce parfum mystérieux fait de tous les parfums de fleurs qui émane de la femme.

» Je restais oubliant quelle cause m'avait amené, la regardant comme une révélation, et ne retrouvant rien de pareil

ni dans mes souvenirs, ni dans mes rêves,
lorsqu'elle tourna la tête vers moi, ouvrit
ses grands yeux bleus et me dit :

» — Je souffre beaucoup.

» Elle n'avait cependant presque rien.
Une saignée, et elle était sauvée. Je pris
ma lancette, mais, au moment de toucher
ce bras si blanc et si beau, ma main tremblait ; cependant le médecin l'emporta sur
l'homme. Dès que j'eus ouvert la veine, il
en coula un sang pur comme du corail
en fusion et elle s'évanouit.

» Je ne voulus plus la quitter. Je restai auprès d'elle. J'éprouvais un secret bonheur à tenir la vie de cette femme entre mes mains; j'arrêtai le sang, elle rouvrit peu à peu les yeux, porta la main qu'elle avait libre à sa poitrine, se tourna vers moi, et me regardant d'un de ces regards qui damnent ou qui sauvent :

» —Merci, me dit-elle, je souffre moins.

» Il y avait tant de volupté, d'amour et de passion autour d'elle que j'étais cloué à ma place, comptant chaque battement de son cœur aux battements du mien, écoutant sa respiration encore un peu fièvreuse, et me disant que s'il y avait quelque chose du ciel sur cette terre ce devait être l'amour de cette femme.

» Elle s'endormit.

» J'étais presque agenouillé sur les marches de son lit comme un prêtre à l'autel. Une lampe d'albâtre suspendue au plafond jetait une clarté charmante sur tous les objets. J'étais seul auprès d'elle. La femme qui m'avait introduit était sortie pour annoncer que sa maîtresse allait bien et n'avait plus besoin de personne. En effet sa maîtresse était là calme et belle comme un ange endormi dans sa prière. Quant à moi, j'étais fou...

» Cependant je ne pouvais demeurer dans cette chambre toute la nuit. Je sortis donc à mon tour sans faire de bruit, pour ne pas la réveiller. J'ordonnai quelques soins en m'en allant, et je dis que je reviendrais le lendemain.

» Quand je fus rentré chez moi, je

veillai avec son souvenir. Je comprenais que l'amour de cette femme devait être un enchantement éternel fait de rêverie et de passion, qu'elle devait être pudique comme une sainte et passionnée comme une courtisane; je conçus qu'au monde elle devait cacher tous les trésors de sa beauté, et qu'à son amant elle devait se livrer nue et tout entière. Enfin sa pensée brûla ma nuit, et lorsque vint le jour j'en étais amoureux fou.

» Cependant, après les pensées folles d'une nuit agitée vinrent les réflexions :

je me dis que peut-être un abîme infranchissable me séparait de cette femme, qu'elle était trop belle pour ne pas avoir un amant; qu'il devait être trop aimé pour qu'elle l'oubliât, et je me mis à le haïr, sans le connaître, cet homme à qui Dieu donnait assez de félicité dans ce monde pour qu'il pût souffrir, sans murmurer, une éternité de douleurs.

» J'attendais impatiemment l'heure à laquelle je pouvais me présenter chez elle, et le temps que je passai à l'attendre me parut un siècle.

» Enfin l'heure vint, et je partis.

» Quand j'arrivai, on me fit entrer dans un boudoir d'un goût exquis, d'un rococo enragé, d'un pompadour étourdissant; elle était seule, et lisait; une grande robe de velours noir l'enfermait de toutes parts, ne laissant voir, comme aux vierges du Pérugin, que les mains et la tête; elle tenait coquettement en écharpe le bras que j'avais saigné, étalait devant le feu ses deux petits pieds, qui ne semblaient pas faits pour marcher sur notre terre; enfin cette femme était si complétement belle,

queDieu semblait l'avoir donnée au monde
comme une esquisse de ses anges.

»Elle me tendit la main, et me fit asseoir
à côté d'elle.

» —Sitôt levée, madame, lui dis-je, vous
êtes imprudente.

»—Non, je suis forte, me dit-elle en souriant, j'ai fort bien dormi, et d'ailleurs je
n'étais pas malade.

» — Vous disiez souffrir, cependant.

» — Plus de la pensée que du corps, fit-elle avec un soupir.

» — Vous avez un chagrin, madame ?

» — Oh, profond ! heureusement que Dieu est médecin aussi et qu'il a trouvé la panacée universelle, l'oubli.

» — Mais il y a des douleurs qui tuent, lui dis-je.

» — Eh bien ! la mort ou l'oubli, n'est-ce pas la même chose ? l'une est la tombe du corps, l'autre la tombe du cœur ; voilà tout.

» — Mais, vous, madame, disais-je, comment pouvez-vous avoir un chagrin ? vous êtes trop haut pour qu'il vous atteigne, et les douleurs doivent passer sous vos pieds comme les nuages sous les pieds de Dieu ; à nous les orages, à vous la sérénité !

» — C'est ce qui vous trompe, reprit-elle, et ce qui prouve que toute votre science s'arrête là, au cœur.

» —Eh bien, lui dis-je, tâchez d'oublier, madame ! Dieu permet quelquefois qu'une joie succède à la douleur, que le sourire succède aux larmes, c'est vrai ; et quand le cœur de celui qu'il éprouve est trop vide pour se remplir tout seul, quand la blessure est trop profonde pour se fermer sans secours, il envoie sur la route de celle qu'il veut consoler une autre âme qui la comprend ; car il sait qu'on souffre moins en souffrant à deux ; et il arrive un moment où le cœur vide se remplit de nouveau, et où la blessure se cicatrise.

» — Et quel est le dictame, docteur, me dit-elle, avec lequel vous panseriez une pareille blessure ?

» — C'est selon le malade, lui répondis-je : aux uns, je conseillerais la foi; aux autres, je conseillerais l'amour.

» — Vous avez raison, me dit-elle; ce sont les deux sœurs de charité de l'âme.

» Il se fit un silence assez long, pendant lequel j'admirai ce visage divin sur lequel le demi-jour qui filtrait à travers les ri-

deaux de soie jetait des teintes charman-
tes , et ces beaux cheveux d'or, non plus
déroulés comme la veille, mais lissés sur
les tempes et s'emprisonnant eux-mêmes
derrière la tête.

» La conversation avait pris, dès le com-
mencement, cette tournure triste; aussi
cette femme m'apparaissait-elle plus radieuse encore que la première fois, avec sa
triple couronne, de beauté, de passion
et de douleur. Dieu l'avait complétée par
le martyre, et il fallait que celui à qui elle
donnerait son âme acceptât la double

VIII.   12

mission, doublement sainte, de lui faire oublier le passé et de lui faire espérer l'avenir.

» Aussi restais-je devant-elle, non plus fou comme je l'étais la veille devant sa fièvre, mais recueilli devant sa résignation. Si elle se fût donnée à moi dans ce moment, je serais tombé à ses pieds, je lui aurais pris les mains et j'aurais pleuré avec elle comme avec une sœur, respectant l'ange, consolant la femme.

» Mais quelle était cette douleur à faire

oublier, qui avait fait cette blessure sai-
gnante encore, c'est ce que j'ignorais,
c'est ce qu'il fallait deviner; car il y avait
entre la malade et le médecin assez d'inti-
mité déjà pour qu'elle m'avouât un chagrin, mais il n'y en avait pas encore assez
pour qu'elle m'en dît la cause. Rien autour
d'elle ne pouvait me mettre sur la voie: la
veille, personne n'était venu à son chevet
s'inquiéter d'elle; le lendemain, personne
ne se présentait pour la voir. Cette douleur devait donc déjà être dans le passé, et
se refléter seulement dans le présent.

12.

» — Docteur, me dit-elle tout à coup en sortant de sa rêverie, je pourrai bientôt danser ?

» — Oui, madame ! lui dis-je un peu étonné de cette transition.

» — C'est qu'il faut que je donne un bal depuis long-temps attendu, reprit-elle; vous y viendrez, n'est-ce pas ? Vous devez avoir bien mauvaise opinion de ma douleur, qui, tout en me faisant rêver le jour, ne m'empêche pas de danser la nuit. C'est que, voyez-vous, il est des chagrins qu'il faut refouler au fond de son cœur, pour que le monde n'en prenne rien ; il est des tortures qu'il faut masquer d'un sourire, pour que personne ne les devine : et je veux garder pour moi seule ce que je souffre, comme un autre garderait sa joie. Ce monde, qui me jalouse et m'envie en me voyant belle, me croit heureuse, et c'est une conviction que je ne veux pas lui retirer. C'est pour cela que je danse, risque à pleurer le lendemain, mais à pleurer seule.

» Elle me tendit la main avec un regard

indéfinissable de candeur et de tristesse,
et me dit :

» — A bientôt, n'est-ce pas ?

» Je portai sa main à mes lèvres et je
partis.

» J'arrivai chez moi, stupide.

» De ma fenêtre, je voyais les siennes ;
je restai tout le jour à les regarder, tout
le jour elles furent sombres et silencieuses. J'oubliai tout pour cette femme ;
je ne dormais plus, je ne mangeais plus :

le soir, j'avais la fièvre ; le lendemain
matin, le délire, et le lendemain soir j'étais
mort... »

— Mort ! nous écriâmes-nous.

— Mort, reprit notre ami avec un ton
de conviction qu'on ne peut rendre, mort
comme Fabien, dont voici le masque...

— Continue, lui dis-je.

La pluie battait toujours contre les vitres. Nous remîmes du bois dans le poêle,
dont la flamme rouge et vive éclaircit un

peu l'obscurité dans laquelle l'atelier disparaissait.

Il reprit :

« A partir de ce moment, je n'éprouvai
plus rien qu'une commotion froide. Ce
fut sans doute le moment où l'on me jeta
dans la fosse.

» J'ignore depuis combien de temps
j'étais enseveli quand j'entendis confusé-
ment une voix qui m'appelait par mon
nom. Je tressaillis de froid sans pouvoir
répondre. Quelques instants après, la voix

m'appela encore; je fis un effort pour parler, mais mes lèvres, en remuant, sentirent le linceul qui me recouvrait de la tête aux pieds. Cependant je parvins à articuler faiblement ces deux mots :

» — Qui m'appelle?

» — Moi, répondit-on.

» — Qui, toi?

» — Moi.

» Et la voix allait s'affaiblissant comme si elle se fût perdue dans la bise, ou comme si ce n'eût été qu'un bruissement passager de feuilles.

» Une troisième fois encore mon nom frappa mes oreilles, mais cette fois ce nom sembla courir de branche en branche, si bien que le cimetière tout entier le répéta sourdement, et j'entendis un bruit d'ailes comme si ce nom prononcé tout à coup dans le silence eût fait envoler une troupe d'oiseaux de nuit.

» Mes mains se portèrent à mon visage comme mues par des ressorts mystérieux.

J'écartai silencieusement le linceul dont j'étais recouvert et je tâchai de voir. Il me sembla que je me réveillais d'un long sommeil. J'avais froid.

» Je me rappellerai toujours l'effroi sombre dont j'étais entouré. Les arbres n'avaient plus de feuilles et tordaient douloureusement leurs branches décharnées comme de grands squelettes. Un rayon faible de la lune, qui perçait à travers de longs nuages noirs, éclairait devant moi un horizon de tombes blanches qui semblaient un escalier du ciel, et toutes ces voix vagues de la nuit qui présidaient à mon réveil étaient pleines de mystère et de terreur.

» Je tournai la tête et je cherchai celui qui m'avait appelé. Il était assis à côté de ma tombe, épiant tous mes mouvements, la tête appuyée sur les mains avec un sourire étrange, avec un regard horrible.

» J'eus peur.

» — Qui êtes-vous, lui dis-je en réunissant toutes mes forces, pourquoi m'éveiller?

» — Pour te rendre un service, me ré-
pondit-il.

» — Où suis-je?

» — Au cimetière.

» — Qui êtes-vous?

» — Un ami.

» — Laissez-moi mon sommeil.

» — Écoute, me dit-il, te souviens-tu
de la terre?

» — Non.

» — Tu ne regrettes rien.

» — Non.

» — Depuis combien de temps dors-tu?

» — Je l'ignore.

» — Je vais te le dire, moi. Tu es mort depuis deux jours et ta dernière parole a été le nom d'une femme au lieu d'être celui du Seigneur, si bien que ton corps serait à Satan si Satan voulait le prendre. Te souviens-tu?

» — Oui.

» — Veux-tu vivre?

» — Vous êtes Satan !

» — Satan ou non, veux-tu vivre ?

» — Seul ?

» — Non, tu la reverras.

» — Quand ?

» — Ce soir.

» — Où ?

» — Chez elle.

» — J'accepte, fis-je en essayant de me
lever. Tes conditions ?

» — Je ne t'en fais pas, me répondit

Satan ; crois-tu donc que de temps en temps je ne sois pas capable de faire le bien ! Ce soir elle donne un bal et je t'y mène.

» — Partons, alors.

» — Partons.

» Satan me tendit la main et je me trouvai debout.

» Vous peindre ce que j'éprouvai serait chose impossible. Je sentais un froid terreux qui glaçait mes membres, voilà tout ce que je puis dire.

» — Maintenant, continua Satan, suis-moi. Tu comprends que je ne te ferai pas sortir par la grande porte, le concierge ne te laisserait pas passer, mon cher; une fois ici, on ne sort plus. Suis-moi donc, nous allons chez toi d'abord, où tu t'habilleras, car tu ne peux pas venir au bal dans le costume où te voilà, d'autant plus que ce n'est pas un bal masqué : seulement, enveloppe-toi bien dans ton linceul; car les nuits sont fraîches et tu pourrais avoir froid.

» Satan se mit à rire, comme rit Satan,

et je continuai de marcher auprès de lui.

» —Je suis sûr, continua-t-il, que, malgré le service que je te rends, tu ne
m'aimes pas encore. Vous êtes ainsi faits,
vous autres hommes, ingrats pour vos
amis. Non pas que je blâme l'ingratitude :
c'est un vice que j'ai inventé, et c'est un
des plus répandus; mais je voudrais au
moins te voir moins triste. C'est la seule
reconnaissance que je te demande.

» Je suivais toujours, blanc et froid
comme une statue de marbre, qu'un res-

sort caché ferait mouvoir; seulement, dans les moments de silence, on eût entendu mes dents se heurter sous un frisson glacial, et les os de mes membres craquer à chaque pas.

» — Arriverons-nous bientôt? dis-je avec effort.

» — Impatient, fit Satan, elle est donc bien belle?

» Comme un ange.

» — Ah, mon cher! reprit-il en riant, il faut avouer que tu manques de délicatesse dans tes paroles; tu viens me parler d'ange, à moi qui l'ai été; d'autant plus qu'aucun ange ne ferait pour toi ce que je fais aujourd'hui; je te pardonne encore : il faut bien passer quelque chose à un homme mort depuis deux jours. Puis, comme je te le disais, je suis fort gai ce soir; il s'est fait aujourd'hui, dans le monde, des choses qui me ravissent. Je croyais les hommes dégénérés, je les croyais devenus vertueux depuis quelque temps; mais non : ils sont toujours les mêmes, tels que je les ai créés. Eh bien, mon cher ! j'ai rarement vu des journées comme celle-ci : j'ai eu

depuis hier soir six cent vingt-deux sui-
cides en Europe seulement, parmi lesquels il y a plus de jeunes gens que de
vieillards, ce qui est une perte, parce
qu'ils meurent sans enfants; deux mille
deux cent quarante-trois assassinats, toujours en Europe seulement; dans les autres
parties du monde, je ne compte plus; je
suis pour celles-là comme les riches capi-
talistes, je ne peux pas énumérer ma
fortune : deux millions six cent vingt-
trois mille neuf cent soixante-quinze
adultères nouveaux, ceci est moins étonnant à cause des bals; douze cents juges

qui se sont vendus, ordinairement j'en ai davantage; mais ce qui m'a fait le plus de plaisir, ce sont vingt-sept jeunes filles, dont l'aînée n'avait pas dix huit ans, qui sont mortes en blasphémant Dieu. Compte, mon cher, cela me fait aujourd'hui une rentrée d'environ deux millions six cent vingt-huit mille âmes, en Europe seulement. Je ne compte pas les incestes, les fausses monnaies, les viols; ce sont les centimes. Ainsi calcule, en établissant une moyenne de trois millions d'âmes qui se perdent par jour, dans combien de temps le monde sera tout entier à moi. Je serai

forcé d'acheter le paradis à Dieu, pour
agrandir l'enfer.

» — Je comprends ta gaieté, murmurai-
je en hâtant le pas.

» — Tu me dis cela, reprit Satan, d'un
air sombre et douteux ; as-tu donc peur
de moi parce que tu me vois en face ?
suis-je donc si repoussant ? Raisonnons un
peu, je te prie : qu'est-ce que deviendrait
le monde sans moi ; un monde qui aurait
des sentiments venus du ciel, et non des
passions venues de moi ? Mais le monde

mourrait du spleen, mon cher !... Qui est-ce qui a inventé? l'or c'est moi; le jeu? c'est moi; l'amour? c'est moi; les affaires? c'est encore moi. Et je ne comprends pas les hommes, qui semblent tant m'en vouloir. Vos poètes, par exemple, qui parlent d'amour pur, ne comprennent donc pas qu'en montrant l'amour qui sauve, ils inspirent la passion qui perd; car, grâce à moi, ce que vous recherchez toujours, ce n'est pas la femme comme la Vierge, c'est la pécheresse comme Ève. Et toi-même, dans ce moment, toi que je viens de tirer d'une tombe, toi qui as encore le froid d'un cadavre et la pâleur d'un mort, ce n'est pas un amour pur que tu vas chercher près de celle à qui je te conduis, c'est une nuit de volupté. Tu vois bien que le mal survit à la mort, et que si l'homme avait à choisir, il préférerait l'éternité des passions à l'éternité du bonheur; et la preuve c'est que, pour quelques années de passions sur la terre, il perd l'éternité du bonheur dans le ciel.

— Arriverons-nous bientôt? dis-je; car l'horizon allait toujours se renouvelant, et nous marchions sans avancer.

» — Toujours impatient, répliqua Satan, et cependant je tâche d'abréger la route le plus que je peux. Tu comprends que je ne puis pas passer par la porte, il y a une grande croix, et la croix c'est ma douane. Comme je voyage ordinairement avec des choses défendues par elle, elle m'arrêterait, je serais forcé de me signer ; et je puis bien faire un crime, mais je ne ferais pas un sacrilége : et puis, comme je t'ai déjà dit, on ne te laisserait pas partir. Tu crois qu'on meurt, qu'on vous enterre, et qu'un beau jour on peut s'en aller sans rien dire ; tu te trompes, mon cher : sans moi, il

t'aurait fallu attendre la résurrection éternelle; ce qui aurait été long. Suis-moi donc
et sois tranquille, nous arriverons; je t'ai
promis un bal, tu l'auras : je tiens mes pro-
messes, et ma signature est connue.

» Il y avait dans toute cette ironie de
mon sinistre compagnon quelque chose
de fatal qui me glaçait; tout ce que je
viens de vous dire, je crois l'entendre encore.

» Nous marchâmes encore quelque
temps, puis nous arrivâmes enfin à un

mur devant lequel étaient amoncelées des tombes formant escalier. Satan mit le pied sur la première, et, contre son habitude, marcha sur les pierres sacrées jusqu'à ce qu'il fût au sommet de la muraille.

» J'hésitais à suivre le même chemin, j'avais peur.

» Il me tendit la main en me disant :

» —Il n'y a pas de danger, tu peux mettre le pied dessus, ce sont des connaissances.

» Quand je fus auprès de lui :

» — Veux-tu, me dit-il, que je te fasse voir ce qui se passe à Paris ?

» — Non, marchons.

» — Marchons, puisque tu es si pressé.

» Nous sautâmes du mur à terre.

» La lune, sous le regard de Satan, s'était voilée, comme une jeune fille sous un regard effronté. La nuit était froide, toutes les portes étaient closes, toutes les fenêtres sombres, toutes les rues silencieuses ; on eût dit que personne depuis long-temps n'avait foulé le sol sur lequel nous marchions : tout, autour de nous, avait un aspect fatal ; il semblait que quand le jour allait venir personne n'ouvrirait les portes, qu'aucune tête ne sortirait aux fenêtres, qu'aucun pas ne troublerait le silence : je croyais marcher dans une ville morte depuis des siècles et retrouvée dans des fouilles ; enfin la ville semblait s'être dépeuplée au profit du cimetière.

» Nous marchions sans entendre un bruit, sans rencontrer une ombre ; le chemin fut long à travers cette ville effrayante

de calme et de repos : enfin nous arrivâmes
à notre maison.

» — Te reconnais-tu ? me dit Satan.

» — Oui, répondis-je sourdement, en-
trons.

» — Attends, il faut que j'ouvre ; c'est
encore moi qui ai inventé le vol avec effrac-
tion : j'ai une seconde clef de toutes les
portes ; excepté de celle du paradis, cependant.

» Nous entrâmes.

» Le calme du dehors se continuait au dedans: c'était horrible.

» Je croyais rêver : je ne respirais plus. Vous figurez-vous rentrant dans votre chambre où vous êtes mort depuis deux jours, retrouvant toutes choses telles qu'elles étaient pendant votre maladie, empreintes seulement de cet air sombre que donne la mort, revoyant tous les objets rangés comme ne devant plus être touchés par vous ! La seule chose animée que j'eusse vue depuis ma sortie du cimetière fut ma grande pendule à côté de laquelle un être

humain était mort, et qui continuait de

compter les heures de mon éternité comme

elle avait compté les heures de ma vie.

» J'allai à la cheminée; j'allumai une

bougie pour m'assurer de la vérité, car tout

ce qui m'entourait m'apparaissait à travers

une clarté pâle et fantastique, qui me

donnait pour ainsi dire une vue intérieure.

Tout était réel : c'était bien ma chambre ;

je vis le portrait de ma mère, me souriant

toujours ; j'ouvris les livres que je lisais

quelques jours avant ma mort ; seulement

le lit n'avait plus de draps, et il y avait des scellés partout.

» Quant à Satan, il s'était assis au fond et lisait attentivement la Vie des Saints.

» En ce moment, je passai devant une grande glace, et je me vis dans mon étrange costume, couvert d'un linceul, pâle, les yeux ternes. Je doutai de cette vie qui me rendait une puissance inconnue, et je mis la main sur mon cœur.

» Mon cœur ne battait pas.

» Je portai les mains à mon front, le front était froid comme la poitrine, le pouls muet comme le cœur : et cependant je reconnaissais tout ce que j'avais quitté ; il n'y avait donc plus que la pensée et les yeux qui vécussent en moi.

» Ce qu'il y avait d'horrible encore, c'est que je ne pouvais détacher mon regard de cette glace qui me renvoyait mon image sombre, glacée, morte. Chaque mouvement de mes lèvres se reflétait comme le hideux sourire d'un cadavre. Je

14.

ne pouvais pas quitter ma place; je ne pouvais pas crier.

» L'horloge fit entendre ce ronflement sourd et lugubre, qui précède la sonnerie des vieilles pendules et sonna deux heures; puis tout redevint calme.

» Quelques instants après, une église voisine sonna à son tour, puis une autre, puis une autre encore.

» Je voyais dans un coin de la glace,

Satan qui s'était endormi sur la Vie des Saints.

» Je parvins à me retourner : il y avait une glace en face de celle que je regardais ; si bien que je me voyais répété des milliers de fois, avec cette clarté pâle d'une seule bougie dans une vaste salle.

» La peur était arrivée à son comble : je poussai un cri.

» Satan se réveilla.

» — Voilà pourtant avec quoi, me dit-il en me montrant le livre, on veut donner la vertu aux hommes ; c'est si ennuyeux que je me suis endormi, moi qui veille depuis six mille ans. Tu n'es pas encore prêt ?

» — Si, répondis-je machinalement, me voilà.

» —Hâte-toi, répliqua Satan, brise les scellés, prends tes habits et de l'or surtout, beaucoup d'or ; laisse les tiroirs ouverts, et demain la justice trouvera bien moyen de condamner quelque pauvre diable, pour rupture de scellés : ce sera mon petit bénéfice.

» Je m'habillai; de temps en temps, je me touchais le front et la poitrine : tous deux étaient froids.

» Quand je fus prêt, je regardai Satan.

» — Nous allons la voir ? lui dis-je.

» — Dans cinq minutes.

» — Et demain ?

» — Demain, me dit-il, tu reprendras ta vie ordinaire; je ne fais pas les choses à demi.

» — Sans conditions ?

» —Sans conditions.

» — Partons, dis-je.

» —Suis-moi.

» Nous descendîmes.

» Au bout de quelques instants, nous étions devant la maison où l'on m'avait fait appeler quatre jours auparavant.

» Nous montâmes.

» Je reconnus le perron, le vestibule, l'antichambre. Les abords du salon étaient pleins de monde. C'était une fête éblouissante de lumières, de fleurs, de pierreries et de femmes.

» On dansait.

» A la vue de cette joie, je crus à ma ré-surrection.

» Je me penchai à l'oreille de Satan, qui ne m'avait pas quitté.

» —Où est-elle? lui dis-je.

» — Dans son boudoir.

» J'attendis que la contredanse fût finie.

Je traversai le salon ; les glaces aux feux des bougies me renvoyèrent mon image toujours pâle et sombre. Je revis ce sourire qui m'avait glacé ; mais là ce n'était plus la solitude, c'était le monde; ce n'était plus le cimetière, c'était un bal ; ce n'était plus la tombe, c'était l'amour. Je me laissai enivrer, et j'oubliai un instant d'où je venais, ne pensant qu'à celle pour qui j'étais venu.

» Arrivé à la porte du boudoir, je la vis. Elle était plus belle que la beauté, plus chaste que la foi. Je m'arrêtai un instant comme en extase ; elle était vêtue d'une robe d'une blancheur éblouissante, les épaules et les bras nus. Je revis, plutôt en imagination qu'en réalité, un petit point rouge à l'endroit du bras que j'avais saigné. Quand je parus, elle était entourée de jeunes gens qu'elle écoutait à peine ; elle leva nonchalamment ses beaux yeux si pleins de volupté, m'aperçut, sembla hésiter à me reconnaître, puis, me faisant un sourire charmant, quitta tout le monde et vint à moi.

» — Vous voyez que je suis forte, me dit-elle.

» L'orchestre se fit entendre.

» — Et pour vous le prouver, continua-t-elle en me prenant le bras, nous allons valser ensemble.

» Elle dit quelques mots à quelqu'un qui passait à côté d'elle. Je vis Satan auprès de moi.

» — Tu m'as tenu parole, lui dis-je; merci, mais il me faut cette femme cette nuit même.

» — Tu l'auras, me dit Satan, mais essuie-toi le visage, tu as un ver sur la joue.

» Et il disparut me laissant encore plus glacé qu'auparavant. Comme pour me rendre à la vie je pressai le bras de celle que je venais chercher du fond de la tombe, et je l'entraînai dans le salon.

» C'était une de ces valses enivrantes où tous ceux qui nous entourent disparaissent, où l'on ne vit plus que l'un pour l'autre, où les mains s'enchaînent, où les haleines se confondent, où les poitrines se touchent. Je valsais les yeux fixés sur ses yeux; et son regard, qui me souriait éternellement, semblait me dire : « Si tu savais les trésors d'amour et de passion que je donnerais à mon amant! si tu savais ce qu'il y a de volupté dans mes caresses, ce qu'il y a de feu dans mes baisers! à celui qui m'aimerait, toutes les beautés de mon corps, toutes les pensées de mon âme, car je suis jeune, car je suis aimante, car je suis belle ! »

» Et la valse nous emportait dans son tourbillon lascif et rapide.

» Cela dura long-temps. Quand la mesure cessa, nous étions les seuls à valser encore.

» Elle tomba sur mon bras, la poitrine oppressée, souple comme un serpent, et leva sur moi ses grands yeux, qui semblèrent me dire à défaut de la bouche : Je t'aime.....

» Je l'entraînai dans le boudoir, où nous étions seuls. Les salons devenaient déserts.

» Elle se laissa tomber sur une cau-
seuse, fermant à demi les yeux sous la fatigue comme sous une étreinte d'amour.

» Je me penchai sur elle et lui dis à voix
basse :

» — Si vous saviez comme je vous aime !

» — Je le sais, me dit-elle, et je vous
aime aussi, moi.

» C'était à devenir fou.

» —Je donnerais ma vie, disais-je,

pour une heure d'amour avec vous, et
mon âme pour une nuit.

« —Écoute, fit-elle en ouvrant une
porte cachée dans la tapisserie, dans un
instant nous serons seuls. Attends-moi.

» Elle me poussa doucement, et je me
trouvai seul dans sa chambre à coucher
éclairée encore par la lampe d'albâtre.

» Tout y avait un parfum de mystérieuse volupté impossible à décrire. Je
m'assis près du feu, car j'avais froid ; je

me regardai dans la glace, j'étais toujours
aussi pâle. J'entendais les voitures qui
partaient une à une; puis quand la dernière eut disparu, il se fit un silence
morne et solennel. Peu à peu mes terreurs
me revinrent; je n'osais plus regarder
cette glace, je n'osais pas me retourner,
j'avais froid. Je m'étonnais qu'elle ne vînt
pas; je comptais les minutes, et je n'entendais aucun bruit. J'avais les coudes sur
mes genoux et la tête dans mes mains.

» Alors je me mis à penser à ma mère,
ma mère qui pleurait à cette heure son

fils mort, ma mère dont j'étais toute la vie et qui n'avait eu que ma seconde pensée. Tous les jours de mon enfance me repassèrent devant les yeux comme un riant songe. Je vis que partout où j'avais eu une blessure à panser, une douleur à éteindre, c'était toujours à ma mère que j'avais recours. Peut-être, à l'heure où je me préparais une nuit d'amour, se préparait-elle à une nuit d'insomnie, seule, silencieuse, auprès des objets qui me rappellent à elle, ou veillant avec mon seul souvenir. Cette pensée était affreuse, j'avais des remords; les larmes me vinrent aux yeux. Je me levai. Au moment où je regardais la glace, j'aperçus une ombre pâle et blanche derrière moi, me regardant fixement.

» Je me retournai, c'était ma belle maîtresse.

» Heureusement que mon cœur ne battait pas, car, d'émotion en émotion, il eût fini par se briser.

» Tout était silencieux au dehors comme au dedans.

» Elle m'attira près d'elle, et bientôt j'oubliai tout : Satan, ma mère et le monde entier. Ce fut une nuit impossible à raconter, avec des plaisirs inconnus, avec des voluptés telles, qu'elles approchent de la souffrance. Dans mes rêves d'amour je ne retrouvais rien de pareil à cette femme que je tenais dans mes bras, ardente comme une messaline, chaste comme une madone, souple comme une tigresse, avec des baisers qui brûlaient les lèvres, avec des mots qui brûlaient le cœur ; elle avait en elle quelque chose de si puissamment attractif, qu'il y avait des moments où j'en avais peur.

» Enfin la lampe commença à pâlir quand le jour commença à poindre.

» — Écoute, me dit cette femme, il faut partir, voici le jour, tu ne peux rester ici ; mais le soir, à la première heure de la nuit, je t'attends, n'est-ce pas !

» Une dernière fois je sentis ses lèvres sur les miennes, elle pressa convulsivement mes mains, et je partis.

» C'était toujours le même calme dehors.

» Je marchais comme un fou, croyant à peine à ma vie, n'ayant même pas la pensée d'aller chez ma mère ou de rentrer chez moi, tant cette femme entourait mon cœur.

» Je ne sais qu'une chose qu'on désire plus qu'une première nuit à passer avec sa maîtresse : c'est une seconde.

» Le jour s'était levé, triste, sombre, froid. Je marchai au hasard, dans la campagne déserte et désolée, pour attendre le soir.

» Le soir vint de bonne heure.

» Je courus à la maison du bal.

» Au moment où je franchissais le seuil de la porte, je vis un vieillard pâle et cassé qui descendait le perron.

» —Où va monsieur ? me dit le concierge.

» — Chez madame de P..., lui dis-je.

» — Madame de P..., fit-il en me regardant étonné et en me montrant le vieillard, c'est monsieur qui habite cet hôtel, il y a deux mois qu'elle est morte.

» Je poussai un cri et je tombai à la renverse... »

— Et après? dis-je à celui qui venait de
parler.

— Après, dit-il en jouissant de notre
attention et en pesant sur ses mots, après
je me réveillai, car tout cela n'était qu'un
rêve.

[illegible] [illegible] [illegible] [illegible]
[illegible] [illegible] [illegible] [illegible]

[illegible] [illegible] [illegible] [illegible]

[illegible] [illegible] [illegible] [illegible]
[illegible] [illegible] [illegible] [illegible]
[illegible] [illegible] [illegible] [illegible]

HISTOIRE

D'UNE AME.

HISTOIRE D'UNE AME.

Il y a six mille ans à peu près...

Le monde était créé depuis un demi-siècle. Dieu avait déjà chassé Adam et Ève du paradis terrestre. Il n'y avait donc dans le ciel que les âmes qui devaient descendre un jour sur la terre, et animer successivement les corps qui naîtraient.

La première qui revint à Dieu fut celle d'Abel, et les chants des archanges et la bénédiction du Seigneur accueillirent le retour de l'âme exilée et martyre qui dut le jour à une faute et la mort à un crime.

La seconde fut celle d'Ève; et lorsque les portes du ciel s'étaient rouvertes devant cette âme pécheresse, flétrie par le péché, mais épurée par la douleur, toutes les âmes

de l'avenir s'étaient pressées autour d'elle
pour apprendre quelque chose de la terre.

Ève s'était contentée de répondre : J'ai
péché, j'ai souffert, j'ai prié, la vie a beaucoup de passions, beaucoup de douleurs
et bien peu de joies. Puis elle s'était retirée
à la droite de Dieu pour achever auprès
de lui sa prière de repentir commencée
ici-bas.

Pour toutes ces âmes qui ne connaissaient que le ciel, c'étaient deux mots
bien inconnus que les passions et les dou-

leurs. Elles ne comprenaient qu'une éternité de calme, comme elles ne voyaient qu'une étendue de sérénité; aussi se promenaient-elles toutes rêveuses dans les jardins d'étoiles que Dieu fit éclore sous leurs pas, se demandant les unes aux autres ce que pouvaient être les choses ignorées au ciel qu'on appelait sur la terre passions et douleurs.

Alors elles s'éloignaient quelquefois du groupe que forment les élus auprès du Seigneur, et suivaient mystérieusement une route isolée; jusqu'à ce qu'arrivées dans un endroit où nulle autre ne les avait suivies, elles pussent se pencher sur la voûte du ciel, et chercher à voir ce qui se passait parmi les hommes : mais les ténèbres des passions restaient aussi impénétrables à leurs yeux célestes, que les lueurs de l'éternité à notre science humaine.

Or, parmi toutes ces âmes curieuses de cette terre nouvelle, il y en avait une à qui son bon ange avait dit : Tu naîtras un jour du sein d'une femme, tu quitteras ta forme immortelle pour le monde que le Seigneur vient de faire.

VIII.   16

— Et quand dois-je naître ? avait demandé l'âme.

— Attends et prie en attendant, avait répondu l'ange.

Et il s'était envolé à l'orient du ciel, laissant la pauvre âme encore plus curieuse qu'auparavant.

Un jour, le soleil se voila dans les cieux, une autre âme venait de quitter la terre, et quand elle s'était présentée à la porte du Seigneur l'ange de justice l'en avait chassée.

Tout le cortége radieux du Seigneur s'était mis à genoux, redoublant de louanges et de prières et demandant ce qu'avait fait celui que Dieu chassait.

Dieu répondit :

— Il se nommait Caïn, et il a tué Abel.

Et le ciel se voila pour le premier crime comme il s'était voilé pour la première faute.

— Que peut-il y avoir dans le monde,

16.

se demandait l'âme qui devait naître, pour qu'un frère tue son frère?

Et elle attendait toujours, et elle priait en attendant.

Cependant la première faute et le premier crime avaient excité la colère de Dieu, si bien que les morts se succédaient avec rapidité, et qu'il revenait au ciel bien moins d'âmes qu'il n'en était parti. Mais chaque fois qu'il en arrivait une, on lui demandait des nouvelles de la terre; ce à quoi elle répondait : Devant Dieu l'on perd le souvenir des hommes ; mais tout ce que Dieu fait est beau, et la terre, au milieu de ses douleurs, a bien des joies.

Et elle allait rendre compte au Seigneur de ce qu'elle avait de douleurs ou de prière à opposer à ce qu'elle avait de fautes.

Les siècles se passaient, et l'âme attendait toujours.

Un jour, les anges courbés devant le trône éternel virent, non pas de la colère, mais une larme dans les yeux du Seigneur ; et cette larme fit le déluge.

Quarante jours le ciel pleura sur les fautes de la terre, et la terre disparut.

Du haut de la voûte céleste, les anges suivaient du regard et de la prière, comme d'ici bas nous suivons une étoile, quelque chose qui glissait sur les eaux : c'était l'arche de Noé.

La pauvre âme qui attendait sa naissance avait cru un moment que le monde était effacé pour l'éternité, et qu'elle ne naîtrait jamais; l'arche lui rendit l'espoir : le monde se refit.

Chaque fois qu'une âme quittait le ciel
pour la terre, celle qui attendait l'accompagnait le plus loin possible et lui disait :

—Ma sœur, au retour tu me raconteras
ce qu'on fait dans le monde ?

— Si j'en garde le souvenir, répondait
l'âme.

Et elle disparaissait.

Chaque fois qu'à l'heure de la prière
l'âme de l'avenir se trouvait auprès de
son bon ange, elle lui disait :

— Naîtrai-je bientôt ?

— Attends et prie.

Et les siècles passaient.

Cependant le monde se faisait tout à fait méchant. Les louanges redoublaient au ciel à mesure que le culte se perdait sur la terre. A peine si de temps en temps il revenait une âme exilée, mais celle-là était reçue avec des chants et des fleurs, et Dieu la bénissait.

Comme le châtiment n'avait pas arrêté les crimes, Dieu voulut essayer du pardon. Il fit une âme à l'image de sa pureté, et il l'envoya sur la terre. Les anges l'accompagnaient en chantant, et ils restèrent long-temps agenouillés derrière elle quand ils l'eurent perdue de vue.

A peine cette âme, à qui Dieu avait donné le nom de son fils, et à qui la terre avait donné le nom de Jésus, eut-elle passé trente ans dans son exil que les âmes commencèrent à revenir au ciel épurées par cet homme divin. Chaque jour c'était fête, chaque jour l'éternité de bonheur recommencait radieuse et splendide et chaque jour le ciel se peuplait de vierges et de martyrs.

Enfin le fils de Dieu reparut après sa mission, tenant à ses mains déchirées sa couronne d'épines.

Dieu lui dit :

— Viens, mon fils, tes pieds se sont meurtris aux pierres de la route, mais ton cœur est resté pur devant les tentations.

Et il le fit asseoir à sa droite.

— Quel peut être ce monde, se disait l'âme rêveuse, où l'on ose faire mourir le fils de Dieu !

Il n'était bruit au ciel que d'une grande pécheresse que le Christ avait convertie, et que l'on attendait avec impatience.

Elle arriva.

La première âme qui vint au-devant d'elle fut celle qui attendait toujours sa nais-sance. Elle lui dit :

— Ma sœur, quel était ton nom?

— Magdeleine, répondit la pécheresse.

— Et la terre, a-t-elle bien des joies?

—Oui ; mais elles sont passagères, et celles du Seigneur sont éternelles.

Et Magdeleine alla s'agenouiller aux pieds de Dieu.

L'âme continuait d'attendre ; elle avait entendu le Seigneur dire à Magdeleine : « Il te sera beaucoup remis parce que tu as beaucoup aimé. » Et elle se demandait ce qu'était cet amour, dont on ne savait rien au ciel, qui avait perdu Ève et qui sauvait Magdeleine.

Aussi devenait-elle de plus en plus impatiente de se voir révéler les mystères de ce monde où Dieu exilait tant d'âmes; de ce monde éloigné et inconnu, où pour quelques années de passions on sacrifiait une éternité de bonheur. Ce n'était pas du désir, sa nature lui défendait d'en avoir; c'était de l'espérance. Peut-être voulait-elle subir comme les autres son martyre pour revenir à Dieu ceinte d'une double couronne; peut-être, après tout,

était-elle d'une essence moins divine que
ses sœurs, et avait-elle ressenti le souffle
de colère qu'en quittant le paradis l'ange
tombé jeta sur elles. Toujours est-il
qu'au milieu de la béatitude immense,
c'était cette joie temporelle qu'elle attendait.

Et chaque fois qu'elle rencontrait son
ange elle lui faisait la même question, à
laquelle il faisait la même réponse.

Les nouvelles qu'on recevait de la terre
n'étaient cependant pas bien entraînantes

pour une fille du ciel. Les apôtres avaient suivi de près le Christ, et, s'ils arrivaient l'âme pure, ils étaient bien défigurés quant au corps. Les hommes ne paraissaient pas vouloir suivre le chemin tracé par la main divine. Les vierges qui revenaient au ciel remerciaient Dieu de les avoir dépouillées de leur enveloppe terrestre, et quand elles parlaient de la terre elles en parlaient sans regrets.

L'âme attendait toujours.

Les siècles passaient.

Enfin la loi du Seigneur reprit le dessus. La lumière avait d'abord été trop forte, si bien qu'au lieu d'éclairer elle avait aveuglé; c'était un moment charmant pour venir sur la terre. Il n'y avait plus d'empereurs cruels, il n'y avait plus d'apôtres-martyrs; tout semblait marcher selon la volonté éternelle, et pour l'âme solitaire qui se serait contentée d'ombre et d'amour la terre aurait eu bien des joies. C'est du moins ce que disaient certaines âmes dont le premier soin en arrivant au ciel était de chercher celles qu'elles avaient perdues sur la terre et de continuer, sous le regard de Dieu, l'amour commencé parmi les hommes.

— Il n'y a que là-bas qu'on trouve cet amour, se disait l'âme. Quand donc naî-trai-je?

— Attends et prie, répondait l'ange.

C'était désolant, d'autant plus que le ciel s'était tout à coup illuminé d'un astre merveilleux, qu'on appelait une comète, qui était encore ignoré des hommes; et que l'âme craignait que ce ne fût pour la des-truction du monde que Dieu eût fait ce nouvel instrument de sa justice, puisqu'il avait dit que le monde périrait par le feu.

L'âme comprit qu'il fallait se hâter. Elle alla trouver son ange et lui dit :

— Dieu permettra-t-il bientôt ma naissance ?

— Bientôt, reprit l'ange.

— Et quand ?

— Dans un siècle, un siècle et demi à peu près.

Où serait-on patient si l'on ne l'était pas au ciel ! L'âme attendit.

Décidément le monde devenait heu-

reux et semblait retourner à l'âge d'or.
Le Christ s'était servi de l'amour terrestre
pour arriver à la foi. Il avait mis une révélation dans ce premier péché de la première femme, et grâce à cela on pouvait
passer quelque temps sur la terre sans
rop se compromettre.

Cependant l'âme comprenait que cette
espérance d'un monde autre que celui de
Dieu était déjà un péché, et qu'elle y arriverait souillée d'une faute originelle d'autant plus grande qu'elle était commise au
milieu de l'innocence éternelle. Aussi, lors-

17.

qu'elle priait pour les autres elle priait bien un peu pour elle.

Le temps marchait rapidement, car devant les yeux du Seigneur et devant l'éternité chaque siècle ne met pas plus de temps à passer que le grain de sable qui tombe du sablier.

L'âme voyait arriver avec bonheur le moment tant attendu. Plus il approchait, plus elle questionnait celles qui revenaient de notre monde, plus elle avait hâte de connaître ce monde mystérieux, plus elle avait soif de cet amour terrestre et presque de ces douleurs qui rompraient la monotonie de la béatitude.

Aussi se promenait-elle, à l'heure où la nuit descend sur la terre, dans les chemins les plus cachés du ciel, tâchant de soulever un coin du voile diamanté que chaque soir Dieu étend sous le ciel. Elle suivait en rêvant la voie lactée, se disant : « Quelle punition Dieu me fera-t-il subir pour la faute que je commets auprès de lui quand je ne devrais avoir qu'un désir, sa vue ;

qu'un bonheur, la prière; qu'une joie, l'éternité?

De temps en temps l'ange passait auprès d'elle et lui disait : « Patience ! »

L'âme attendait.

Enfin, un soir qu'elle rêvait, comme de coutume, en regardant une révolution qui s'opérait dans une étoile, l'ange s'approcha d'elle :

— Ta mère est née aujourd'hui, lui dit-il.

— Ma mère! s'écria l'âme.

— Oui.

— Alors, je n'ai guère plus que dix-huit ans à attendre ; car j'espère qu'elle se mariera jeune, ma mère.

— Attends, et prie en attendant.

L'âme était triomphante. Elle quitta sa solitude, elle oublia la révolution de son étoile, et vint se mêler aux autres, faisant part de tous côtés de la naissance de sa mère.

Maintenant qu'elle avait la certitude de naître, une chose l'inquiétait encore : c'était de savoir si elle naîtrait homme ou femme. Mais, pour ceci, les mystères de l'avenir étaient impénétrables : il fallait attendre.

Chaque jour elle demandait à l'ange :

— Comment va ma mère aujourd'hui ?

— Elle vient de faire sa première dent, répondait l'ange.

— Quel bonheur ! disait l'âme.

Et le lendemain, elle recommençait ses questions.

Cependant, chaque jour elle entrait de plus en plus dans son péché; avant même de naître, elle avait déjà à expier.

Un matin, l'ange vint au-devant d'elle et lui dit :

— Ta mère s'est mariée aujourd'hui.

— Ma mère s'est mariée !

— Il y a une heure.

— Et je n'ai plus à attendre?

— Que neuf mois, dit l'ange.

L'âme alla faire part du mariage de sa
mère, comme elle avait fait part de sa
naissance et de sa première dent; elle reçut
les félicitations de tout le ciel. La chronique dit même qu'elle reçut des commis-
sions de celles qui avaient oublié ou laissé
quelque chose sur la terre.

Du reste, comme un péché ne va jamais
sans l'autre, elle devenait d'une fierté in-

supportable, il n'y avait plus moyen de l'approcher; et depuis qu'elle devait aller sur la terre, cela lui avait tellement tourné la tête, qu'elle s'était fait beaucoup d'ennemis, et elle était complétement brouillée avec deux prophètes et cinq martyrs.

Quel châtiment Dieu réservait-il à cette âme qui troublait ainsi la sérénité éternelle du firmament ?...

Plus elle approchait du moment tant attendu depuis six mille ans, plus elle voulait savoir quelque chose du monde qu'elle allait habiter; mais on eût dit qu'à mesure qu'elle approchait de sa naissance, elle avançait dans l'ombre : si bien qu'elle ne se doutait pas de ce qu'elle allait trouver.

Sur ces entrefaites elle rencontra l'ange.

—Eh bien ? lui dit-elle.

—Eh bien, ta mère est enceinte.

— De moi ?

— De toi.

L'âme poussa une exclamation qui sur

la terre serait un péché, et qui dans le ciel était un crime.

Jamais on n'avait vu une âme plus occupée ni plus désireuse de la vie corporelle; aussi celles qui n'avaient d'autre amour que Dieu la laissaient à ses amours terrestres, et l'on commençait à prier pour elle.

Sa joie augmentait donc à mesure que le temps passait, et un jour qu'elle était plus joyeuse, parce qu'elle venait de calculer qu'elle n'avait plus que quelques jours à attendre, l'ange vint à elle.

— Eh bien ? dit l'âme.

— Hélas, fit l'ange, ta mère est morte en couches !

— Et moi ?... s'écria l'âme égoïste.

— Toi, tu es morte en venant au monde.

La punition suivit de près la faute.

L'âme sentit que le ciel manquait sous ses pieds : elle était précipitée dans les limbes.

Je venais de terminer la lecture des deux manuscrits, et je me disposais à me mettre au lit, lorsqu'un troisième que je n'avais pas remarqué d'abord me tomba sous la main. Celui-ci du moins était une histoire vraie, une biographie dramatique d'un grand peintre. Je ne doute pas que vous n'éprouviez, en la lisant, autant de plaisir que j'en ai eu moi-même.

FRA BARTOLOMEO.

FRA BARTOLOMEO[1].

Le mardi-gras de l'année 1490, il ý avait une foule immense qui se pressait le soir autour d'un vaste bûcher sur la grande

[1] Quoique la galerie ne possède pas le portrait de fra Bartolomeo, nous avons pensé qu'il occupait une place trop large dans l'art, pour ne pas lui en donner une dans cette histoire.

18.

place de Florence : c'est qu'il allait se passer une chose toute nouvelle ; c'est que ce n'était plus, comme les années précédentes, un feu de joie autour duquel on allait danser avec des chants d'amour, mais bien un véritable sacrifice où l'on allait prier ; c'est que ce n'était pas depuis le matin des hommes ivres et joyeux qui apportaient de la paille et du bois pour le feu annuel, mais des artistes pieux qui jetaient là leurs œuvres profanes pour les brûler le soir ; c'est qu'enfin livres, statues, tableaux, tous ces trésors de la pensée, du ciseau, de la toile, se mêlaient, se confondaient pour ne plus faire, après quelques heures, qu'un amas de cendres et de poussière.

En effet, un nouveau jour venait de se lever pour la foi, une nouvelle révélation venait de surgir pour l'art. Une voix dominant l'Italie et le monde venait de se faire entendre. Au nom du Christ, un nouvel apôtre venait de prendre le paganisme corps à corps, et l'avait renversé sous lui, et ce soir-là devait avoir lieu le premier triomphe de l'apôtre, triomphe complet, éclatant, magnifique, donné par ce que l'I-

talie avait de grand parmi les artistes, et
manifesté par l'abjuration et la perte de ce
que l'art avait eu jusqu'alors d'irréligieux
et de profane. Et l'abjuration était universelle, et le bûcher était immense, fait des
chefs-d'œuvre de tous : poésie, arts, vers
érotiques, statues aux contours volup-
tueux, tableaux aux formes lascives, images
d'un ciel oublié, d'un olympe perdu, de
divinités anéanties, miracles de pensée et
de travail, d'imagination et de poésie, dont
le lendemain il ne resterait plus rien qu'un
peu de fumée.

Et c'était la voix d'un seul homme qui

avait fait cela ; c'était la parole d'un humble
apôtre qui venait de renouveler la foi ;
c'était la pensée d'un pauvre moine qui
venait de transformer l'art ; c'était enfin la
voix de Savonarole, qu'on avait d'abord
délaissé comme un fou et qu'on écoutait
comme un saint. La mission qu'il s'était
imposée était grande et difficile, et le saint
homme avait sans doute compris d'a-
vance qu'un jour viendrait où il paye-
rait la vérité de sa vie, et où il compléterait
l'apôtre par le martyr. Aussi avait-il lutté
de toutes ses forces et avec toute la conviction que donne une mission inspirée

par Dieu. Il avait réussi, comme nous l'avons vu, et le sacrifice qui allait se faire n'était que l'expression matérielle de la transformation morale.

Or, parmi ceux qui avaient apporté leurs œuvres au feu comme à la purification, et leur âme à cette nouvelle doctrine comme à la vérité, se trouvait un jeune homme aux mœurs austères et simples, au génie grand et pur, qu'on connaissait sous le nom de Baccio della Porta. Il avait à peu près vingt ou vingt-deux ans : c'était un des auditeurs les plus fervents de Savonarole, et l'un des hommes les plus croyants en Dieu. Il avait écouté avec amour cette parole douce et vraie ; il avait compris aussitôt cette âme puissante et inspirée, et le premier il avait rejeté comme profanes et sacriléges tous ses tableaux passés qui ne se rapportaient point à Dieu. Alors que le saint prédicateur avait peine à rassembler vingt-cinq auditeurs Baccio l'avait écouté, et depuis, chaque jour, il avait quitté son atelier pour l'église ; son âme avait compris la lutte du moine contre les mœurs de l'époque, mœurs débauchées que le paganisme avait envahies depuis la cour des

Médicis jusqu'aux écoles des jeunes gens, où rien n'était beau que les œuvres profanes de l'antiquité, où rien n'était tant oublié que les livres pieux.

La réforme que tentait Savonarole ne s'arrêtait donc pas à la foi dans la pensée, mais ordonnait la chasteté dans l'art; et c'était là surtout que l'accomplissement de sa mission était rude et laborieux : partout des artistes payés par une cour débauchée pour faire des œuvres licencieuses, partout l'irrévérence pour les choses divines; partout le paganisme, même sous les traits célestes de la Vierge et du Christ, se montrait palpable et visible, et souvent l'image de la Madone, même au foyer domestique, même sous les yeux des jeunes filles, n'était que le portrait plus ou moins nu de quelque courtisane en renom.

Savonarole avait prévu que ce n'était pas sur des vieillards endurcis dans leurs pensées que sa voix aurait de l'influence; que ce n'était pas le passé qu'il fallait changer, mais l'avenir qu'il fallait préparer : aussi n'était-ce que des jeunes gens qui venaient recueillir comme une manne céleste les leçons du grand prédicateur, et, comme nous l'avons dit, parmi ces jeunes gens se trouvait Baccio della Porta.

Le lendemain du mardi-gras, quand le sacrifice fut accompli, quand le bûcher fut éteint, le peintre vint trouver le moine au couvent de Saint-Marc, où celui-ci était lecteur.

— Mon père, lui dit-il, vous êtes juste et noble entre tous les hommes ; votre mission est sainte et grande entre toutes les missions : vous m'avez fait comprendre et

croire; désormais je veux consacrer ma
vie et mon art à Dieu, et, tout obscur que
je suis, j'accours à vous, mon père, comme à
la source de toute sagesse et de toute vérité.
Permettez-moi de venir quelquefois dans
ce couvent recueillir seul dans votre amitié la foi que vous répandez sur tous.

A partir de ce moment Baccio devint
non-seulement le disciple de Savonarole,
mais son ami; à partir de ce jour grandit,
avec la réputation du prédicateur, la re-
nommée du peintre, tous deux pleins du
même zèle, enflammés du même courage,

pénétrés de la même ferveur; à partir de
cette époque commença la lutte com-
mune de ces deux hommes, lutte de la
parole et du pinceau, du principe et de
l'exécution, et tous deux semblèrent marcher de front, Baccio éclairé par le moine,
Savonarole traduit par le peintre.

Avant l'apparition de Savonarole, Baccio vivait déjà enfoncé dans son art et de
temps en temps apparaissaient les fruits
de cette solitude et de cette méditation :
d'abord, deux vierges pleines de la sainteté
du croyant et du génie du peintre, admi-

rables toutes deux de piété et de coloris,
ce double prestige de la foi et de l'art qu'il
savait si bien répandre sur ses toiles; puis,
sur les deux volets d'un tabernacle en
bois qui renfermait une madone en marbre de Donatello, il peignit la Nativité et
la Circoncision en miniature, et sur la partie extérieure de ces volets il exécuta
en grisaille et à l'huile l'Annonciation
de la Vierge. Ensuite Gerorno, fils de
Monna Dini, lui donna à peindre la chapelle du cimetière de l'hôpital de Santa
Maria Nuova : c'est là que se trouvait la
fresque du *Jugement dernier;* bien qu'ina-

chevée, elle n'en augmenta pas moins sa réputation. Rien n'était grand et vraiment divin, en effet, comme le Christ entouré de ses douze apôtres et jugeant les douze tribus. Le dessin, que n'acheva pas Baccio, montrait de pauvres damnés pleins de honte et de désespoir, et la sainte béatitude des élus. C'est une œuvre que Gerorno Dini pria Mariotto Albertinelli d'achever.

Mariotto Albertinelli était le frère pour ainsi dire de Baccio della Porta : même atelier, même travail, mêmes joies, mêmes douleurs, fraternité complète de cœur et de talent. Mariotto, fils d'un batteur d'or, avait connu Baccio chez Cosimo Rosselli, où ce dernier étudiait, quand Baccio avait quitté ce premier maître, Mariotto l'avait suivi. C'est à partir de cette époque qu'ils vécurent toujours ensemble, comme un seul corps, comme une seule âme. Mariotto était loin d'avoir le génie de Baccio, aussi était-il presque son élève. Cependant il l'étudia tant et suivit si bien sa manière que souvent on confondait les tableaux des deux amis.

Voilà où en était Baccio quand Savonarole arriva de Ferrare à Florence. Pendant sept années le grand prédicateur fit sa grande réforme, malgré la faction des tièdes qui le dénonçaient à la cour de Rome, et aux menaces desquels il opposait le calme de sa conviction, malgré le paganisme invétéré qui se releva plus tard, mais qui, pour le moment, tomba sous sa parole.

Cependant on ne force pas impunément les hommes à entendre la vérité et surtout la vérité de Dieu, celle qui proscrit tous les abus, qui veut étouffer les débau-

ches, qui tend à détruire les vices. Pendant
sept ans, nous l'avons dit, la voix de Savonarole parla plus haut que celle de ses ennemis; pendant sept ans, il jeta cette se-
mence qui devait germer dans l'avenir;
mais de pareils fondateurs n'assistent pas
à leur gloire; mais les grands semeurs ne
voient point la récolte; et quand il eut
propagé sa parole, quand il eut répandu
sa foi, quand il eut assez grandi son époque, il eut à son tour, comme son divin
maître, son Calvaire et sa Passion, et il
trouva des juges et des bourreaux pour
lui comme pour le Christ.

19.

L'influence de Savonarole sur les artistes contemporains est trop grande pour
que, dans la vie d'un peintre comme Baccio, on ne montre pas à chaque instant cette
influence. Ce n'est pas une digression, c'est
une preuve, surtout quand on pense dans
quel état il avait trouvé les arts et comme il
les laissa. Ce sont les œuvres d'une époque
qui la symbolisent et qui la classent dans
l'avenir; et c'est sous le souffle de quelques
hommes puissants par la fortune ou la
pensée que naissent ces œuvres. Savonarole
l'avait bien compris lorsqu'il avait voulu
changer la route funeste qu'avaient prise les

arts... Les Médicis et lui se trouvaient en face : lés uns, avec le goût des ouvrages profanes de l'antiquité, avec des mœurs débauchées, n'aimant que les peintures païennes, ressuscitant dans les arts l'Olympe oublié ; l'autre arrivait avec sa seule parole pour détruire, avec sa seule pensée pour créer, ne mettant le beau et le vrai que dans Dieu, et rassemblant bientôt autour de lui tout ce qui croit et tout ce qui pense.

Ce n'était donc pas, comme Jésus, une loi à donner, c'était cette même loi à faire suivre.

Deux ans après qu'il eut paru, la grande réforme avait commencé d'une manière ostensible : on brûlait tout ce qu'il y avait de profane à Florence; on immolait les chefs-d'œuvre des hommes à la gloire de Dieu. Mais ce n'était là que le sacrifice matériel des œuvres, et c'était surtout la destruction du principe que rêvait Savonarole; car ce n'était qu'après avoir détruit qu'il pouvait reconstruire. Il y a toujours quelque chose à abattre quand on veut fonder : il a fallu que Dieu débrouillât le chaos avant de faire le monde. Et c'est pourtant cette vérité incontestable, ce mot révélateur, Dieu, que les hommes ont éternellement cherché à détruire. Depuis le Christ, qui créait et à qui on n'a donné qu'une croix, jusqu'à Savonarole, qui répétait Jésus comme un écho, et à qui on a donné un bûcher, de tout temps il a fallu des apôtres pour annoncer et des martyrs pour prouver.

Donc l'apôtre devint martyr; et, comme si avec lui s'en étaient allés toute sa pensée et tout son génie, Baccio della Porta, devenu fra Bartolomeo, jeta ses pinceaux, quitta tout à fait l'atelier pour le cloître, la peinture pour les prières, la gloire du monde pour le culte de Dieu ; il se retira à Prato, et prit l'habit de Saint-Dominique, le 26 juillet de l'an 1500. Alors Mariotto Albertinelli , dont l'amitié pour Baccio ne balançait pas la haine pour les moines, ne pouvant vivre avec son ami, voulut continuer l'œuvre qu'il avait commencée, et, ramassant les pinceaux du peintre devenu moine, il finit la fresque du *Jugement dernier.*

Pendant quatre ans que dura cette oisiveté pieuse que s'était imposée fra Bartolomeo, le moine dut avoir à lutter bien souvent contre l'artiste, et il est évident que, le jour où l'art reprendrait le dessus, l'œuvre qui surgirait de ce repos serait à la fois sublime et divine. Souvent, lorsque le pieux frate se retirait dans sa cellule pour prier Dieu d'éteindre ce feu qui finirait par lui faire oublier son vœu, quelques-uns de ses frères venaient le trouver, et, comprenant ce combat intérieur du génie comprimé et d'une promesse sainte, ils lui disaient, non pas qu'il pouvait sacrifier l'un à l'autre, mais faire marcher les deux de front ; ils lui disaient que la manière d'être agréable à Dieu était d'appliquer à sa gloire ce génie qu'on avait reçu de lui, et qu'il était de son devoir d'user du talent qu'il avait, pour révéler aux hommes toute la grandeur et toute la majesté de leur divin maître; puis, ils lui montraient comme preuve les fresques de Beato Angelico qui couvraient les murs du couvent.

Bernado del Bianca avait fait construire, sur les dessins de Benedetto de Roverjemo, une chapelle dans l'abbaye de Florence, admirable de sculpture; Benedetto Buglione avait placé dans les niches des figures de saints en terre cuite ; mais si belle et si riche que fût la chapelle, elle semblait incomplète, et c'était quelque chose comme l'âme qui manquait à l'œuvre, pour qu'elle atteignît son but divin. Fra Bartolomeo était le seul qui pût animer tout cela avec son pinceau. Les sollicitations redoublèrent, auxquelles répondirent les mêmes refus ; et, chaque fois qu'on reparlait au frate de peinture, il se mettait en prière comme pour chasser une mauvaise pensée, qui n'était autre que le besoin de produire, s'augmentant chaque jour de la résistance de la veille, et devenant chaque jour plus difficile à combattre.

Enfin, après bien des sollicitations, après bien des refus, l'artiste l'emporta sur le pénitent; et la pensée de gloire triompha de la pensée d'obscurité, et le moine redevint peintre.

Comme nous l'avons dit, la première œuvre qui sortirait de ce repos serait sublime et divine, et rayonnerait de toute la force du génie, de toute la poésie de la foi. En effet, le frate sembla résumer en une seule œuvre tout ce qu'il eût pu répandre de beautés depuis son premier jour de solitude, et le Saint Bernard qui naquit enfin était bien toute l'expression de la pensée céleste qu'il portait dans son sein depuis quatre années. Le pieux écrivain tombe en extase en apercevant la Vierge soutenue par les anges et portant l'enfant Jésus. C'est plus que de la peinture : c'est de la révélation. Une fois le premier pas fait, rien ne devait plus arrêter fra Bartolomeo : la lutte avait été trop longue pour que la victoire ne fût pas complète, et au Saint Bernard succédèrent plusieurs tableaux pour le cardinal Jean de Médicis et pour Agnolo, dont une Madone qui a aussi toute l'expression divine que le frate savait si bien répandre sur les choses saintes.

Fra Bartolomeo était un heureux pré-
destiné... Au début de sa carrière, il avait
trouvé Savonarole pour agrandir sa pensée;
au milieu, il devait rencontrer Raphaël
pour perfectionner son art. Après avoir
étudié Léonard de Vinci, c'étaient les deux
seuls guides que Dieu pouvait lui envoyer
pour faire de lui un saint et un grand
homme, toute une religion et tout un
art réunis dans deux hommes, compris
dans deux noms : Savonarole et Raphaël.
Aussi Bartolomeo devina-t-il que le second

allait compléter dans l'exécution ce que le premier avait complété dans la pensée; mais cette fois cependant ce serait plutôt échange : et si le frate recevait quelque chose de Raphaël, celui-ci allait emporter quelque chose du frate.

De même qu'il avait été trouver Savonarole, Baccio alla trouver Raphaël, et l'amitié qui l'unit au peintre fut aussi forte que celle qui l'avait uni à l'apôtre.

On ne peut s'empêcher d'admirer l'influence de ces deux grands génies sur le talent de Bartolomeo, influence visible et palpable, qui n'ôte rien à l'originalité personnelle du peintre, mais qui cependant la complique; il s'est trouvé placé entre ces deux grands soleils, et, quoique resplendissant lui-même, il s'est augmenté de leurs rayons.

Cependant, il faut l'avouer, les deux compositions de Bartolomeo, qui suivirent immédiatement l'arrivée de Raphaël à Florence, n'ont encore qu'imperceptiblement subi l'influence du peintre d'Urbin. Elles gardent encore toute cette originalité puissante et ce coloris admirable qui distinguent le frate. L'un des deux fut envoyé au roi de France, et l'autre, dans la composition duquel il entre une grande quantité de personnages et quelques anges qui s'élèvent en l'air en soutenant un pavillon, impressionna [vivement Raphaël lui-même. Ici, Bartolomeo est tout à fait grand : les anges sont d'un dessin si vigoureux, qu'ils semblent sortir de la toile, et à cette force de coloris se mêlent une suavité céleste, un sentiment religieux, une fierté divine sur les figures des personnes qui entourent la Vierge. Dans le même tableau se trouve le mariage du Christ enfant avec sainte Catherine religieuse : malgré le ton obscur, rien n'est plus vrai. Ici, comme nous le disions, ce n'est pas encore l'influence de Raphaël, mais c'est toujours celle de Léonard de Vinci. Tout cela vit, pour ainsi dire, depuis les deux figures de saint Georges et de saint Barthélemi, jusqu'aux deux enfants dont l'un joue du luth et l'autre de la lyre.

C'est probablement à la même époque qu'il exécuta la grande peinture à fresque, représentant le crucifiement avec les saintes femmes pleurant au pied de la croix, qu'on voit dans un corridor du couvent de Saint-Augustin de Sienne.

Vis-à-vis le *Mariage du Christ* il peignit une *Vierge entourée de saintes*. A l'aide des tons affermis et habilement fondus de ce tableau, il obtint une telle harmonie dans les figures qu'elles semblent vivantes, dit Vasari.

En 1501, Raphaël le quitta, et ce n'est vraiment qu'à partir de ce moment que la peinture de Bartolomeo se ressentit du séjour du divin Sanzio à Florence.

20.

Dans les tableaux du frate qui suivront ce départ, il y aura plus de suavité dans les contours, un peu plus d'expression céleste dans le visage de ses Vierges; son style perdra ce côté de rudesse que lui donnait la fougue de son imagination, et prendra ces lignes mollement onduleuses qui caractérisent les peintres ombriens, mais il gardera toujours cette sévérité de sujets, ce relief des formes au moyen des clairs-obscurs qui constituaient sa manière et dont Raphaël prendra quelque chose.

L'élève devait une visite au maître, le

fidèle un pèlerinage au dieu. Aussi fra Bartolomeo voulut-il voir les merveilles du puissant Michel-Ange et du doux Raphaël. Il partit donc pour Rome, où il fut accueilli par Marianno Fratti, frate del Piombo, qui demeurait à Monte-Cavallo, au couvent de Saint-Sylvestre. Il paya son hospitalité de deux tableaux représentant saint Pierre et saint Paul, mais il fut pour ainsi dire aveuglé sur lui-même par les chefs-d'œuvre qu'il voyait. Le fidèle tomba anéanti devant la puissance du dieu, et c'est avec la conscience de son infériorité qu'il revint à Florence.

A son retour, malgré la résolution qu'il avait prise d'abandonner son art, non plus par illusion mais par défiance de lui-même, il eut à répondre à une accusation qu'il réfuta par un chef-d'œuvre. On l'accusait de ne pouvoir peindre le nu, et ici ce n'était plus un piége qu'on tendait à son art, mais bien à la chasteté de ses œuvres, et c'était dans le genre profane, qu'il avait toujours fui, qu'on voulait le faire tomber. Il répondit par un *Saint Sébastien* entièrement nu, d'un coloris et d'un dessin si parfaits, de formes si belles et si pures, que la critique se tut. Seulement fra Bartolomeo, qui n'était pas tombé dans des idées profanes, y fit tomber les dévotes, et les confesseurs entendirent de telles confidences au sujet de cette peinture, qu'ils durent faire retirer le *Saint Sébastien* de l'église où il était ; il fut depuis envoyé au roi de France.

Mais la critique ne se tait pas facilement : c'est une hydre à plusieurs têtes comme celle de la fable, et il faut être un Hercule pour les trancher d'un coup. L'accusation reparut, mais sous une autre forme. Cette fois on reprochait aux œuvres

du frate d'être mesquines, et on lui demandait quelque chose de grand. Il répondit par un *Saint Marc* gigantesque et grandiose. L'hydre avait trouvé son Hercule,
toutes les têtes tombèrent.

Les menuisiers qui faisaient les bor-
dures des tableaux en couvraient toujours
un huitième, ce qui détruisait les propor-
tions et la symétrie de l'œuvre. Bartolomeo y remédia en faisant cintrer le pan-
neau de son *Saint Sébastien*, y figura une
niche que l'on aurait pu croire réelle et
exécuta les ornements qui devaient entou-

rer son sujet ; il fit de même pour le *Saint Marc* et le *Saint Vincent*. Celui-ci était représenté prêchant le jugement dernier. C'est bien la ferveur du saint, c'est bien l'exaltation du prédicateur, c'est bien la double expression de l'homme qui, pour ramener à la vertu, montre à la fois la récompense et le châtiment, cette double justice de Dieu. Malheureusement cette œuvre admirable, pour laquelle le frate a employé des couleurs trop fraîches sur un enduit encore humide, s'est gercée bientôt et s'est tout à fait perdue depuis.

A son retour de Naples, un riche mar-

chand florentin, Salvator Belli, sur la réputation du frate, lui commanda un Christ
sauveur entouré des quatre évangélistes.
C'était un sujet tout à fait dans le sentiment de Bartolomeo; aussi il s'y livra
avec amour et l'exécuta avec perfection.
Dans le bas, deux enfants, d'un coloris
frais, d'une exécution fine, tiennent
le globe du monde: c'est une des plus
belles choses du frate, et l'encadrement de
marbre est sculpté par Pietro Rosselli.

Ainsi Bartolomeo avait tout à fait repris
sa vie d'artiste, il donnait à son art le côté
pieux et saint qui le fit si grand, abandon-

nant aux frères le produit de ses tableaux et ne gardant strictement que ce qui lui était nécessaire pour acheter ses couleurs. Partout dans la vie de cet homme la pensée religieuse domine, et il travaille toujours, sous l'influence de la révélation de Savonarole, pour la gloire de Dieu et non pour la sienne. Cependant, malgré la force que donne l'art, il arriva un jour où la santé du frate s'altéra ; des pensers, qui pour son âme pieuse ne pouvaient être ni sombres ni funestes, s'emparèrent de lui et le portèrent à la contemplation de la mort. Il se retira dans l'un des monastères qui dépendaient de Saint-Marc, pour se préparer à attendre l'heure dernière. C'est sous ces impressions qu'il peignit une Madone entre un Saint Luc et un Saint Etienne ayant à ses pieds un petit ange qui joue du luth. Cette figure d'enfant, qui se reproduit souvent dans les compositions de Bartolomeo comme la pensée gracieuse à côté de la pensée sévère, opposant son sourire et son chant à la grave austérité des prophètes, est pleine de charme, et le caractère en est si céleste qu'il ne paraît pouvoir être le résultat d'un procédé ma-tériel. On comprend, en voyant ces tableaux, qu'ils sont nés d'une rêverie et d'une poésie intérieure, qui, plus calmes à cette époque qu'au temps de Savonarole, passent de l'âme au pinceau pleines d'une douceur angélique, et il semble évident, quand on voit ces peintures radieuses, que ce sont les personnages divins eux-mêmes qui venaient poser devant le frate. Mais toute sa force et toute sa grâce, toute sa foi et tout son art se sont résumés dans une grande composition qu'il exécuta à San-Romano. C'est encore une Vierge, Vierge miséricordieuse, sur un piédestal, et dont deux petits anges aux visages enfantins et célestes soutiennent le manteau, et à côté le Christ lançant la foudre sur les peuples. Ici tout est grand, la pensée et l'exécution : c'est l'œuvre d'un grand poète et d'un grand peintre ; c'est toute la profondeur de la pensée et toutes les finesses de l'art. C'est dans ce tableau qu'on voit que Bartolomeo possédait au plus haut degré l'art de la dégradation des ombres et cette magie qui donne un grand relief aux parties obscures ; c'est parfait comme dessin et comme coloris.

Un autre tableau représentant le Père

éternel au milieu d'un groupe d'anges et,
dans la partie inférieure, sainte Catherine
de Sienne et sainte Catherine d'Alexan-
drie ravies en extase, se trouve aussi à San-
Romano. C'est surtout dans cette composition que l'influence de Raphaël se re-
marque, et à un tel point qu'on crut ne
reconnaître que le coloris de Bartolomeo
appliqué aux contours gracieux des deux
saintes. Il existe de ce tableau un dessin
à la plume qu'on avait d'abord attribué à
Léonard de Vinci, et dont on a reconnu
le véritable auteur, en le comparant avec
le tableau de l'église de San-Romano.

Fra Bartolomeo revint à Florence, et cette poésie dont son âme était pleine ne sembla plus avoir assez de la peinture pour se répandre. Il se remit à cultiver la musique et devint peintre et musicien en même temps ; il chantait en travaillant. C'était en vérité une de ces organisations heureuses, une de ces natures privilégiées, un de ces génies prédestinés à qui Dieu devait accorder tout le talent des plus grands hommes, la piété des plus pieux, la réputation des plus célèbres ; et, pour qu'il atteignît à ce résultat, il lui avait envoyé Savonarole et Raphaël, les deux compléments de son génie.

En face des prisons à Prato, il fit une *Assomption* et plusieurs Vierges pour les Médicis, dont le grand art du reste avait été de ne tenir aucun compte de l'esprit de parti chez les artistes, et de ne voir en eux que l'illustration qu'ils pouvaient donner à leur règne. Ainsi Bartolomeo, l'ami enthousiaste du prophète Savonarole, du confesseur implacable de Laurent de Médicis, n'était pour eux que Bartolomeo l'artiste, dont ils achetaient les tableaux comme des chefs-d'œuvre, dont ils oubliaient les opinions premières.

Le frate avait l'habitude de préparer ses tableaux à l'huile et en grisaille, et il les ombrait aussi à l'encre ou avec le bitume; c'est ce qu'on a pu voir dans les peintures que sa mort laissa inachevées.

Jusqu'à fra Bartolomeo, on reprochait souvent aux peintres la forme de leurs plis qui manquaient de souplesse et de naturel. Ce fut le frate qui le premier fit faire un mannequin en bois de grandeur d'homme, dont les jointures se reployaient à volonté, et qu'il recouvrait de l'étoffe qu'il voulait peindre; cette invention, qui

paraît si simple maintenant, lui est due,
et personne avant lui, même les plus
grands maîtres, n'avait pu saisir des dra-
peries aussi vraies et aussi naturelles.

Fra Bartolomeo continuait donc dans
ses œuvres son acte de contrition pour
ainsi dire jusqu'à la mort ; il n'a pas failli
un seul instant à la promesse qu'il avait
faite, et sous son infatigable pinceau se
succédèrent les chefs-d'œuvre de sainteté
dans l'abbaye des Moines Noirs. La dernière création de ce pinceau, la dernière
pensée de ce peintre, fut le tableau qu'il

exécuta en grisaille pour le gonfalonnier
Pietro Soderini. Tous les protecteurs de la
ville et les saints dont les jours de fête cor-
respondent à ceux des victoires rempor-
tées par Florence, sont représentés dans
cette composition, et fra Bartolomeo s'y
est peint lui-même.

Une paralysie, provenant de son habitude de travailler au bas d'une fenêtre
ouverte, lui ôta tout à fait l'usage de ses
membres, et malgré les eaux de San-Fe-
lippo, qu'on lui avait ordonnées, et où il
resta long-temps, il ne put se remettre

complétement de cette attaque; enfin, il mourut d'une indigestion de figues. Il fut enterré à San-Marco, le 8 octobre 1517.

Bartolomeo avait vécu quarante-huit ans, et pendant ce temps il avait vu passer les noms les plus rayonnants de l'art : le grand Léonard de Vinci, le gracieux Raphaël, le puissant Michel-Ange; de ces trois grands génies il avait pris quelque chose qu'il avait ajouté à son génie naturel et original, et, tout en retrouvant dans ses œuvres le reflet de ces trois coloris, on voit que ce n'est pas un emprunt, mais une conquête.

Puis, à tout cela s'étaient mêlés, comme nous l'avons dit, l'inspiration religieuse et le génie vraiment divin, soufflé par Savonarole ; et répétons-le encore, le côté caractéristique de ce peintre, c'est cette éternelle et grande naïveté dont brillent toutes ses œuvres. Quand Léonard et Michel-Ange ont à lutter l'un contre l'autre, ils ne se fient plus à un sujet religieux pour se vaincre ; ce sont des passions chaudes encore des événements récents qu'ils remuent, et ils produisent : Léonard, son tableau des *Vétérans se faisant couper les poings pour rapporter à Florence les dra-*

peaux des *Visconti;* et Buonarotti, *La jeu-nesse florentine allant à la guerre pisane.* Ces deux compositions sont bien les œuvres de deux pinceaux géants, mais elles n'ont rien de plus vaste et de plus grandiose que cette imposante et calme figure de l'*Évan-géliste saint Marc;* c'est qu'il faut le dire, la véritable poésie ne se trouve pas dans l'expression de nos passions humaines, mais bien dans le reflet de la grandeur et de la majesté divine : et, peintre ou poète, plus la pensée se rapproche du Créateur, plus elle entrevoit la véritable poésie.

Dans la vie des hommes que la gloire expose nus et tels qu'ils sont aux yeux de la postérité, il y a toujours un côté sur lequel la critique peut mordre, une fêlure, pour ainsi dire, par où l'on peut anatomiser l'homme et le génie: chez le frate, c'est impossible , l'uniformité est trop grande, le talent est trop vrai, la naïveté est trop naturelle, et si l'on avait quelque chose à lui reprocher, ce serait sa mort un peu vulgaire; mais la postérité serait bien exigeante si elle voulait forcer les artistes à mourir avec art.

Maintenant que, grâce aux manuscrits mystérieux, nous avons contenté notre éditeur, plus tard nous reviendrons à nos mousquetaires.

ALEX. DUMAS.

FIN DU HUITIÈME ET DERNIER VOLUME.

TABLE DES CHAPITRES.